Moka

Un sale moment à passer

l'école des loisirs
11, rue de Sèvres, Paris 6e

ISBN : 978-2-211-08507-6

Loi n° 49.956 du 16 juillet 1949 sur les publications
destinées à la jeunesse : mars 2002
Dépôt légal : janvier 2007
Imprimé en France par Bussière
à Saint-Amand-Montrond
N° d'impr. : 063891/1.

I

Des choses qui arrivent dans la vie

Je regarde par-dessus l'épaule de Claire, ma meilleure copine. Et puis, je regarde ailleurs.

– C'est pas ta mère à la grille ? insiste Claire.

Je fais un hochement de la tête qui ne signifie ni oui ni non. Il y a belle lurette que ma mère ne vient plus me chercher à la sortie des cours. Déjà en CM1, je rentrais toute seule. Alors, qu'est-ce qu'elle fait là ? Je crois que je n'ai pas envie de le savoir. Il y a des tas de choses horribles qui me traversent l'esprit. Que mon petit frère a une maladie incurable. Mais je le vois (même si je ne regarde pas), il est dans les bras de maman et il rigole. N'empêche qu'il peut être très malade. Pourquoi maman est là ? Je ne veux pas le savoir. Peut-être que mon père est mort. Ou alors, ma grand-mère. Jamais maman ne m'attend à la sortie du collège. Je ne veux rien savoir. Il faut pourtant que j'y aille. Je ne peux pas rester dans la cour à l'heure de la fermeture. J'embrasse Claire comme si tout était normal. Et je marche à pas lents, le nez baissé. Tiens, j'ai un lacet défait. Je ne veux pas savoir.

J'entends maman qui m'appelle. Je lève les yeux, bien obligée. Elle sourit. Alors, peut-être que personne n'est mort. Mais ma maman est très courageuse. Peut-être qu'elle sourit pour ne pas affoler mon frère.

– Athénaïs ! Viens, chérie !

– Qu'est-ce qui se passe ?

Je ne voulais pas le dire mais c'est parti comme ça. Et tout à coup, je veux savoir, savoir la vérité, l'affreuse vérité. J'ai la gorge qui se serre. Le visage de maman est sérieux. C'est sûr, c'est quelque chose de grave.

– Je ne voulais pas que tu rentres à la maison toute seule, dit maman.

– Je rentre toujours toute seule !

Je crie, je suis en colère.

– Non, ce n'est pas ce que je voulais dire... répond maman d'une voix douce. Je ne voulais pas que tu arrives à la maison avant nous. Il s'est passé quelque chose...

– Ça, je m'en doute !

Je suis de plus en plus en colère. J'ai envie de frapper quelqu'un.

– Il y a eu un incendie, dit maman.

Je reste bouche bée. Je ne comprends rien.

– Personne n'est blessé, s'empresse d'ajouter maman. Mais la maison... Enfin, elle est toujours debout. C'est juste un étage qui a brûlé. Pas le nôtre. Là où le feu s'est déclaré. Les pompiers ont éteint l'incendie mais... c'est pas beau à voir.

Et maman pousse un gros soupir.

– Et madame Granier, elle va bien ? je demande.

Mme Granier, c'est notre gardienne. Je l'aime beaucoup.

– Oui, oui, répond maman. Et ses canaris, aussi. Mais tout le monde va devoir quitter l'immeuble, le temps de le remettre en état.

– Quoi ? Où on va dormir alors ?

– Ce soir, on va se tasser chez ma sœur. Après… On va probablement rester à l'hôtel. Un petit peu.

– Un petit peu combien ?

Maman l'ignore, c'est évident. L'hôtel… Après tout, ça peut être amusant. Sûrement plus que chez ma tante Linette. Déjà que c'est grand comme une cage à lapins chez elle mais en plus elle a deux fils qui sont in-sup-por-ta-bles.

– Allez, viens. Papa nous attend à la maison.

– Chez nous, c'est pas brûlé, hein ?

– Pas vraiment. Papa dit que c'est surtout très sale. La suie. Et puis, il faut bien reconnaître que les pompiers font des dégâts…

Quand on arrive dans ma rue, il y a des gens agglutinés sur le trottoir. Tout le monde regarde la façade de mon immeuble. Ça me fait drôle, les murs tout noirs, les vitres brisées. J'aperçois papa qui discute avec la gardienne et le monsieur qui habite au troisième. Dès qu'il nous voit, papa vient vers nous.

– On va prendre quelques affaires, dit papa.

Je glisse ma main dans la sienne. J'ai peur d'entrer. Et si ça s'effondrait ? L'escalier aussi est tout noir. Et ça pue. Une odeur âcre qui donne envie de tousser. Il y a plein d'eau sur le parquet. On monte lentement les étages en faisant attention de ne pas déraper.

Quand on atteint le quatrième, il y a une mauvaise surprise. La porte de notre appartement est arrachée.

– Les pompiers ont cassé la porte pour entrer, explique papa. On ne peut pas leur en vouloir, il fallait bien qu'ils vérifient qu'il n'y ait personne à l'intérieur.

En fait de dégâts, les pompiers ont fait

un massacre. Tout est mouillé. Je ne peux même plus parler tellement c'est affreux. D'ailleurs, je ne suis pas la seule. On est muets tous les quatre, même Démétrios, mon petit frère.

Le papier peint est noirci et se décolle. La moquette fait un horrible bruit de succion quand on marche dessus. Le canapé et les fauteuils ont l'air de sortir de la décharge publique. C'est le beau piano blanc de maman qui me fait le plus de peine. En tout cas jusqu'à ce que j'entre dans ma chambre.

– Mes bédés !

J'ai recouvré la parole. Tous mes bouquins sont recouverts de suie et dégoulinent de flotte ! Mon poster avec les chevaux pend au bout d'une punaise. L'affiche du Titanic est tombée sur mon lit.

– Mon ordi !

– Ne touche pas ! s'écrie papa. Que personne ne touche aux appareils électriques !

J'ouvre mon armoire. Mes vêtements

puent la fumée, la suie ou le plastique cramé, je ne sais pas mais c'est épouvantable.

– On va juste prendre quelques trucs, dit papa. Les pompiers nous ont donné l'autorisation mais on n'a pas le droit de rester tant qu'un architecte n'a pas fait l'état des lieux. Il faut être certain qu'il n'y a pas de risques.

– Il faut tout refaire ! se désole maman. Ça va coûter une fortune !

– C'est pour ça qu'on a inventé les assurances, répond papa. Allons, allons ! Ça ne sert à rien de se lamenter ! Ce qui est fait est fait ! Voyons les choses du bon côté ! On aura une télé neuve et une moquette d'une autre couleur que cet immonde bleu canard !

– Et mes bédés ? je hurle. Et mes cassettes vidéo ?

– Rien n'est irremplaçable, dit papa.

Du bout des doigts, je saisis mon pull orange à col en fausse fourrure. Mon préféré, mon préféré que j'aime plus que tout !

– Ça, c'est irremplaçable !

– On va donner tous les vêtements à nettoyer, répond papa. Bon. Un peu d'organisation ! Valises ! Trousse de toilette ! Coffret à bijoux ! C'est l'essentiel.

– N'importe qui peut rentrer chez nous, remarque maman.

– Ne t'inquiète pas, dit papa. On va nous mettre une autre porte, ce soir.

Qu'est-ce ce qu'on pourrait prendre ? L'ordinateur plein d'eau ? Les tableaux tout noirs ?

J'ai brusquement envie de pleurer.

*
* *

Je vais dormir par terre, dans un sac de couchage. Ça serait parfait si on était en camping. Mes parents se serrent dans le canapé-lit avec Démétrios.

– Ça va, chérie ? demande maman.

– Génial. Ma maison a brûlé, mes affaires sont bousillées, j'ai le nez dans la poussière et je vais passer mes vacances de Pâques enfermée dans un hôtel. Tout va très bien, Madame la Marquise.

– C'est toi qui n'as pas voulu partir en colo, répond papa.

– C'est malin… C'est peut-être pas trop tard pour s'inscrire ?

– Si, dit maman. Et de toute façon, je vais avoir besoin de toi.

– Pour quoi faire ?

Ça sent les embêtements.

– Chérie, j'ai du boulot par-dessus la tête avec les nouvelles collections et il va falloir surveiller les travaux de l'appartement. Qui va s'occuper de ton petit frère ?

Je me redresse d'un bond. Ah non ! Ils ne vont pas me faire ce coup-là !

– Mais c'est Mme Granier qui garde toujours Démétrios !

– Comment veux-tu qu'elle fasse ? Elle n'a plus d'appartement, elle non plus !

– Et la crèche, alors ?

– …ne marche pas pendant les vacances.

– Qu'est-ce que c'est que ce plan ? Tu ne pouvais pas trouver une crèche qui ouvre tout le temps ?

– Athénaïs, dit papa d'une voix grave. Ce n'est facile pour personne, il faut que chacun y mette du sien.

– Et Tante Linette ? Un garçon de plus ou de moins…

– Elle part dans la famille de son mari… et je crois qu'un garçon de plus fait une différence ! Ta mère et moi, nous allons être débordés. Il faut avouer que ça tombe mal.

Maman est dessinatrice de mode. Elle crée des modèles de maillots de bains et de sous-vêtements pour les filles. Elle est « en charrette » tous les six mois. Ce qui signifie qu'elle reste à son travail jusqu'à neuf heures du soir pendant quinze jours pour préparer les nouvelles collections.

Papa travaille dans une grande entreprise, mais je n'ai jamais compris ce qu'il faisait.

Tout ce que je sais, c'est que c'est très important et qu'il parle de chiffre d'affaires et de rendement à longueur de journée. Il ne rentre jamais avant huit heures.

C'est Mme Granier qui va récupérer Démétrios à la crèche et qui le garde chez nous. Elle nous fait dîner. Si, en plus, mes parents doivent s'occuper de l'appartement, il y a peu de chance que je les voie avant d'aller au lit !

– C'est pas juste... C'est pas de ma faute si on a mis le feu chez nous !

– Ce n'est de la faute de personne, répond papa. D'après les pompiers, c'est sans doute un court-circuit. C'est un accident.

– Mais je ne vais pas rester enfermée dans une chambre d'hôtel pendant toutes les vacances, quand même ?

– Tu sortiras le week-end, dit papa.

– Hein ? Quand maman est en charrette, elle bosse AUSSI le week-end !

– C'est vrai, concède papa. Et j'irai à l'appartement dès que j'aurai un instant de libre.

Mais je te promets qu'on se rattrapera cet été. Allez! Dodo, tout le monde!

Papa se retourne dans le canapé-lit et les ressorts font croing-croing. Démétrios bouge sans arrêt quand il dort. Ça va être gai si les ressorts font ce bruit-là toute la nuit!

*
* *

J'ai mon quart d'heure de gloire, le lendemain, au collège.

Mes copines trouvent vachement intéressant que ma maison ait brûlé. Claire n'arrête pas de renifler mon pull. Il pue la fumée.

– C'est dommage que je parte en colo, dit Claire. T'aurais pu venir habiter chez moi. On aurait bien rigolé!

– Moi, je pars pas! s'écrie Farida. Je suis sûre que maman serait d'accord!

Je connais la famille de Farida. Farida partage une chambre avec ses trois grandes sœurs! Il n'y a pas beaucoup de place mais les frangines de Farida sont super sympa. Je pousse un énorme soupir.

– Je voudrais bien… mais ça ne marchera jamais. Il faut que je m'occupe de Démétrios.

– Il peut venir aussi, répond Farida. Maman adore les enfants, surtout les tout-petits !

– Ça, on veut bien te croire ! ricane Claire. Vu qu'elle en a eu six !

– Ben, elle attend le septième, dit Farida. Paraît que c'est encore une fille.

Ça me donne le vertige. Même si la mère de Farida aime les enfants, je pense que ça ne serait pas juste de lui en coller encore deux, surtout si elle est enceinte ! De toute façon, mes parents ne voudront jamais.

Cette fois-ci, c'est papa qui vient me chercher à la sortie. Il a pris son après-midi pour rencontrer l'architecte et les ouvriers qui vont refaire notre appartement.

– Je t'emmène à l'hôtel, dit-il.

– Où est Démétrios ?

Je ne sais pas pourquoi je m'inquiète. Je

me doute que mes parents ne l'ont pas abandonné dans une poubelle.

– Il est resté chez ta tante. Elle ne s'en va que samedi. Tu as deux jours de répit.

Sur le chemin, papa m'indique tous les noms de rues pour que je sache comment aller à l'hôtel depuis le collège. On ne marche pas très longtemps. Pour une raison idiote, j'ai imaginé qu'on allait vivre dans un palace avec un restaurant et des baignoires à bulles dans toutes les salles de bains. J'aperçois la pancarte *Hôtel Central.* C'est sûr qu'aucun palace ne s'est jamais appelé comme ça. Je suis tellement déçue que je décide de tout trouver moche. D'ailleurs, il n'y a RIEN de bien.

– Fais pas cette tête, remarque papa. C'est un endroit tout à fait correct.

Je ne daigne pas répondre. Papa a déjà la clé, alors on ne s'attarde pas à la réception. Il n'y a pas d'ascenseur. Je commence à avoir la trouille qu'on ait qu'une petite chambre pour quatre.

– Tu vois, dit papa en ouvrant la porte, il y a deux chambres communicantes avec chacune une salle de bains. Et puis, surtout, il y a un coin-cuisine. On va pouvoir manger ici.

– C'est supposé être une bonne nouvelle?

– Oui. On n'aura pas besoin d'aller au restaurant tous les soirs. Ce qui va faciliter grandement les choses, étant donné que toi et Démétrios, vous mangerez avant nous!

– Parce qu'il faut aussi que je fasse la bouffe? J'espère qu'ils ont une bonne assurance, ici, il pourrait bien y avoir un autre incendie!

Il en faut beaucoup pour que papa se mette en colère. Là, il rit.

– Cocotte, on remplira le frigo de choses faciles à préparer. Et puis tu sais parfaitement utiliser le micro-ondes. T'as qu'à penser que tu joues à la dînette comme quand tu étais petite!

J'allume la télé. Même pas câblée! Quant au service d'étage, je suppose qu'ils n'en ont jamais entendu parler dans cet hôtel. C'est à cet instant que je comprends vraiment ce qui m'attend.

Je vais passer un sale moment.

II

Moi et les autres

Comme Démétrios est resté chez ma tante, je passe ma première nuit à l'hôtel toute seule dans ma chambre. Mes parents sont juste à côté mais ça me fait quand même très bizarre. Au début, l'idée de partager une chambre avec mon frère ne me plaisait pas du tout. Maintenant, j'aimerais mieux qu'il soit là…

On a dîné chez ma tante et on est partis après. Démétrios a pleuré, il ne voulait pas qu'on le laisse. Moi aussi, j'avais envie de pleurer.

Maman a fait une razzia au supermarché. Il y a plein de nourriture dans le frigo et dans les placards. Je sais que, dès lundi, il faudra que je me débrouille sans mes parents. J'en ai des frissons au fond de mon lit, pourtant il fait chaud. Mais qu'est-ce que je vais faire toute la journée ? Traîner Démétrios au jardin, bonjour l'horreur. Le regarder faire la sieste, vraiment passionnant. Finalement, s'occuper des repas risque d'être le moment le plus distrayant, c'est dire si je vais m'amuser ! J'en serais presque à regretter qu'on soit en vacances.

Je n'arrive pas à dormir. Je me tourne et me retourne, j'écoute les bruits de la rue. Il y a des pas au-dessus de ma tête. Tout d'un coup, je pense qu'il y a d'autres personnes dans l'hôtel. C'est drôle, je n'avais pas réfléchi à ça avant. Si seulement il pouvait y avoir des enfants de mon âge ! Qui marche à l'étage du dessus ? J'essaie d'imaginer à qui peut appartenir ce pas un peu pesant. Quelqu'un qui a du mal à se coucher, en tout cas. Pourquoi il marche comme ça ? On dirait qu'il tourne en rond. Peut-être qu'il range ses affaires.

C'est un homme ou une femme ? Apparemment, il n'y a qu'une seule personne. Ma chambre a le numéro 14. Logiquement, la chambre de mon inconnu doit être la 24. Il faudra que j'aille voir. Oh oui ! Enfin une bonne idée ! Je vais espionner les clients de l'hôtel ! Je vais jouer au détective. Ah oui mais... et Démétrios ? Flûte. J'adore mon petit frère mais je l'aimerais encore davantage s'il avait trois ans de plus.

Tiens, une porte claque. J'ai l'impression que c'est celle d'en face. J'entends des voix très faibles. De l'autre côté du couloir, il y a au moins deux personnes. Ça m'intrigue, alors je me lève pour coller mon oreille à la porte. Je ne distingue pas clairement les mots. Puis il y a une voix d'homme qui s'élève, un peu plus fort. Je ne comprends rien à ce qu'il dit. Évidemment ! Ce n'est pas du français ! C'est normal qu'il y ait des étrangers dans un hôtel. Mais quelle est cette langue ? Ça ne ressemble pas à l'anglais que j'apprends au collège. Pourtant, ça me rappelle quelque chose… Ça y est, je sais! Ça ressemble au grec. Je connais un peu le grec parce que ma grand-mère est née en Grèce. Je suis allée des tas de fois là-bas. J'y ai plein de cousins, d'oncles et de tantes. C'est chouette comme pays.

Mes voisins ont baissé le ton. Je ne suis pas tout à fait sûre mais je ne crois pas qu'ils parlent grec. Ça sonne juste un peu pareil. Je retourne me coucher. Oh bon sang! Ce que je vais m'ennuyer pendant quinze jours!

*
* *

Mes derniers cours avant les vacances sont passés à la vitesse de l'éclair. Je fais un détour par la bibliothèque avant d'aller chez ma tante Linette. À part lire, je ne vois pas ce que je vais pouvoir faire, enfermée à l'hôtel. Démétrios me fait fête. J'ai l'impression que les deux fils de ma tante lui tapent autant sur le système qu'à moi.

Démétrios se cale dans mes bras au fond du fauteuil. Je lui ai pris des albums à la biblio. On les regarde ensemble. Ça me fait du bien de le sentir tout contre mon cœur. De temps en temps, il lève la tête vers moi et m'envoie un bisou. C'est vraiment un gentil petit frère. Au début, j'étais déçue de ne pas avoir une sœur. J'étais persuadée que les garçons étaient tous comme ceux de Linette. Maintenant, je ne regrette pas. J'ai vu la petite sœur de Claire et c'est une peste. Démétrios, c'est un ange. En plus, il est très beau avec ses grands yeux noirs et ses cheveux bouclés. Je l'aime tellement à cette minute que j'ai des larmes qui montent. Mais j'ai envie de pleurer depuis deux jours et ça n'a rien à voir avec Démétrios.

Mes parents arrivent enfin. On va pouvoir se mettre à table. Je ne dis pas un mot. J'ai décidé de bouder. De toute façon, il n'y a que des conversations de grandes personnes pendant le dîner. Comme ma tante Linette doit partir tôt demain matin, on rentre tous à l'hôtel ce soir. Tant mieux, une autre nuit sans Démétrios m'aurait été insupportable.

Je regarde le plafond. Je vais l'avoir au-dessus de ma tête pendant au moins quinze jours. Il est fissuré. Ça ne se voit pas beaucoup. J'essaie de mesurer la longueur de la fissure. Peut-être deux mètres. Tiens. On marche. La chambre 24 et son locataire insomniaque. Mais qu'est-ce qu'il trafique ?

Maman entre avec Démétrios endormi. Elle le couche.

– Éteins la lumière, maintenant, souffle-t-elle.

– Je vais être toute seule, demain ?

Elle acquiesce silencieusement. Puis, elle s'assoit sur le bord de mon lit.

– Je suis désolée, dit-elle. Ça ne va pas être très marrant pour toi, ces vacances...

Je vois bien que ça l'ennuie vraiment. Je ne veux pas qu'elle s'inquiète pour moi. Elle a suffisamment de soucis comme ça.

– Bah, ça ne fait rien… Je ne vais pas en mourir non plus !

Maman pose un léger baiser sur mon front.

– T'es ma grande fille… murmure-t-elle. Je t'aime.

Moi aussi, je l'aime. Maman se lève et change de pièce. Elle a laissé la porte entrouverte.

Y m'agace, le marcheur du deuxième. Est-ce qu'il va aller se coucher, oui ? Je ne vais jamais réussir à m'endormir.

*
* *

Je me suis endormie sans m'en apercevoir. C'est comme ça, le sommeil. Ça vous prend toujours par surprise. Démétrios fait un bond sur mon lit. Il rit aux éclats parce qu'il m'a réveillée.

Papa passe la tête et sourit.

– Démétrios a pris son petit déj' avec nous, dit-il. Ta mère est déjà partie, moi je file au bureau rattraper le boulot que je n'ai pas pu faire hier… Il ne fait pas très beau mais tu peux peut-être quand même aller au jardin ?

Je fais une grimace. Quelle barbe, le jardin !

– Je te laisse des sous sur la table. Si vous avez envie de manger au MacDo.

Papa m'envoie un bisou puis disparaît. Démétrios fronce les sourcils. Je crains un moment qu'il ne se mette à pleurer. Mais il ouvre grand les bras et dit d'un ton d'évidence :

– Papa, parti.

Je me lève. J'ai pas envie de m'habiller. Je traîne dans le coin cuisine. Il reste un fond de café. Je ne bois jamais de café parce que c'est pas pour les enfants. Je m'en remplis une tasse et je le passe dans le micro-ondes. Je viens de prendre une décision : pendant quinze jours je vais faire tout ce que je n'ai jamais le droit de faire.

Démétrios tape sur l'écran de la télé. Je l'allume parce que maman nous a toujours interdit de regarder la télé le matin.

Beurk. C'est dégoûtant, le café. Je le jette dans l'évier.

Et tout d'un coup, j'ai très peur parce qu'on frappe à la porte.

– Femme de chambre ! dit une voix de l'autre côté.

Je vais ouvrir. Il y a une jeune dame avec un chignon de travers.

– Hé ! Bonjour ! lance-t-elle, joyeusement. Je repasserai plus tard pour le ménage !

– Ça ne me gêne pas. Je vais bientôt sortir avec mon petit frère, de toute façon.

Faut croire qu'elle n'attendait que ça. Elle rentre dans la chambre en poussant son aspirateur.

– Je m'appelle Martine. C'est vous qu'avez plus de maison ?

– On a toujours une maison, elle est sale, c'est tout.

Martine s'assoit et se masse les jambes. Je la trouve plutôt culottée.

– Qu'est-ce qu'il est mignon, ce petit bonhomme ! C'est quoi ton nom, mon bébé ?

Démétrios la regarde avec ses grands yeux noirs. Puis il fait un sourire. C'est un truc qui m'a toujours fait rigoler avec Démétrios. Depuis qu'il est né, et c'est pas des blagues, il drague les filles. Il ne s'intéresse jamais aux messieurs. Mais dès qu'une femme passe dans le coin, il lui fait du charme.

– Démétrios. Et moi, c'est Athénaïs.

– Oh, chouettes prénoms ! Si tu savais comme je déteste le mien ! Martine ! Tu parles d'un ringard ! Moi, je voulais m'appeler Vanessa ou Cindy, enfin quelque chose qui sonne…

Je pense que Cindy et Vanessa, c'est encore plus ringard que Martine.

– Et tu ne connais pas la meilleure, continue Martine. Mon deuxième prénom, c'est Marcelle ! Non mais t'imagines ?

Martine n'a pas l'air pressé de se mettre au travail. Et comme je ne suis pas non plus pressée d'aller au jardin...

– Qui c'est au-dessus de l'autre chambre? Y a quelqu'un qui marche tout le temps. C'est vachement énervant!

– Hum... Ah ouais, ça doit être le fantôme de l'hôtel!

– C'est ça. Et il a du mal à trouver le sommeil éternel!

Martine se met à rire. Enfin, plutôt, elle glousse.

– Eh non! C'est le... ah ouais, c'est le nouveau. Il est là depuis trois jours. Drôle de zozo, tiens! Je te jure, on en voit de toutes les sortes dans l'hôtellerie! Çui-là, y se pointe jeudi, avec sa petite mallette, et y dit à la patronne: «je ne sais pas combien de temps je reste, ça dépend de mes affaires». Eh ben, je me demande ce que c'est, ses affaires!

– Pourquoi?

– Je suis pas curieuse, faut pas croire, je regarde pas dans les valises des gens ou rien, hein. Mais çui-là, il laisse traîner des choses bizarros ! Vlà t'y pas qu'hier, je trouve une perruque blonde dans la salle de bains ! Et attends, y avait un soutif et du maquillage ! Alors çui-là, s'il est pas un peu dérangé, hein...

Martine se lève de sa chaise en soupirant.

– Bon, allez, faut que je m'y mette...

Martine commence son ménage par la chambre des parents. Démétrios la suit partout, en souriant béatement. Moi, je file m'habiller. Il est déjà tard et il faut bien que je me décide à sortir.

– Mets ton blouson, Dem... Au revoir, Martine.

– Non, dit Démétrios.

– Si, je réponds. On va voir les filles au jardin.

Démétrios hésite en regardant Martine. Je lui promets plein de filles à qui faire du charme et ça finit par le convaincre.

Je prends mon petit frère par la main. Dans le couloir, je m'arrête. Dans ce fichu hôtel sans ascenseur, il y a quand même une sortie de secours. Je ne sais pas pourquoi, j'ai envie de passer par là... Il y a un escalier étroit derrière la porte coupe-feu. On descend. On se retrouve derrière l'hôtel, dans une impasse, au milieu des poubelles. Démétrios me lâche la main car il a repéré un vieux nounours tout dégueu dans les détritus.

– Laisse ça ! C'est moche !

– Non.

C'est le mot préféré des enfants de son âge. Comme il ne veut pas m'obéir, il se planque derrière la grande benne à ordures. Il s'est même glissé entre le mur et la benne et je n'arrive pas à l'attraper. Je m'accroupis pour allonger le bras au maximum et Démétrios s'enfonce encore un peu plus.

Soudain, j'entends un bruit. Je risque un coup d'œil. Il y a une bonne femme avec une horrible robe à fleurs et une masse de cheveux blondasses. C'est tout ce que j'aperçois car elle me tourne le dos. Elle trafique quelque chose.

Je manque de pousser un cri en sentant un frôlement contre mon bras. C'est Dem. Il a dû avoir les jetons en ne me voyant plus. Je mets un doigt sur mes lèvres et je fais « chuuut... » doucement. Démétrios m'imite, les yeux brillants.

Il y a une espèce de clic. La bonne femme a réussi à ouvrir la porte. Elle jette un regard vers la rue mais pas vers nous. Là voilà qui rentre dans l'hôtel par l'issue de secours. Pourtant, ces portes-là, elles sont faites exprès pour qu'on puisse sortir mais pas rentrer. Je me demande comment elle a fait.

J'attends encore quelques secondes avant de quitter ma cachette. J'examine la porte. J'ai vite compris : il y a un gros morceau de plastique collant qui empêche la serrure de se refermer. Je cherche dans les poubelles et je trouve un portemanteau en fer. Si j'arrive à passer le crochet dans la fente, je pourrai tirer le lourd battant vers moi… et ça marche !

Je rigole. Maintenant, je peux quitter l'hôtel et y revenir sans que personne s'en aperçoive… Et c'est exactement ce que fait cette drôle de bonne femme ! Mais pourquoi donc ?

Démétrios me tapote avec insistance.

– Veux voir les fiiiilles !

Il dit toujours comme ça. Fiiiilles, avec un i qui n'en finit pas, et un air gourmand. Quand il sera au collège, il va toutes les tomber, les fiiiilles.

*
* *

Il ne fait vraiment pas beau. Il y a même des gouttes de pluie de temps en temps. Démétrios s'est fait le toboggan cent cinquante fois de suite et il commence à se lasser. Et comme les filles se font rares à l'approche de midi, il vient s'assoir sur le banc à côté de moi.

– Veux bonbons.

Ça me plaît comme idée. Puisque j'ai décidé de faire tout ce qui est interdit, on va se bâfrer de glaces, de gâteaux et de chocolats au nougat dans la pâtisserie-salon de thé en face du jardin.

– Encore, dit Démétrios en pointant son doigt vers les éclairs au café.

Ça ne fera jamais que le troisième. J'ignore comment un gamin de la taille de Dem peut engloutir autant de gâteaux.

Malheureusement, j'ai la réponse un peu plus tard. En fait, il ne peut pas. Démétrios vomit tout dans le caniveau. J'aperçois la tête de la serveuse derrière sa vitrine, visiblement pas ravie que ses clients vomissent devant le salon de thé. Ça ne lui fait pas une bonne pub.

J'ai l'estomac un peu barbouillé, moi aussi. Heu, bon... demain, on ira manger des nuggets de poulet, plutôt.

Il pleut. Et le vent s'est levé. Je frissonne. Manquerait plus qu'on attrape la crève, tiens. Je ne me vois pas soigner mon frère pendant quinze jours.

Nous retournons précipitamment vers l'hôtel. Du coup, j'en oublie de passer par l'issue de secours.

– Ce que c'est? dit l'énorme bonne femme à la réception.

Même les affreuses, Démétrios les drague. Il va se planter juste devant le comptoir avec un grand sourire. La grosse fait des yeux de vache derrière ses lunettes.

– On habite ici, dis-je. Chambre 12 et 14. J'ai la clé.

– Ah oui, oui… répond-elle. C'est que je ne vous ai pas vus sortir…

Je m'en doute… Démétrios est déçu du peu de réaction de la mémé. Mais comme il est têtu, il lui envoie des baisers avec la main.

– Oh, ce petit trésor! Mais comme il est trognon, le petit chéri! Tu veux un bonbon?

Démétrios me lance un regard triomphant.

– Je ne crois pas que les bonbons soient une bonne idée, madame… Il a déjà mangé trop de gâteaux.

– Mademoiselle, dit la grosse d'un ton rude. Mlle Carrière. Je suis la patronne de l'hôtel.

Évidemment, moche comme elle est, elle n'a jamais dû trouver de mari. Je prends Dem par la main mais il veut son bonbon, le goinfre ! La patronne lui en donne un bien tendre, du genre qui colle aux dents. Elle se sert aussi dans sa soucoupe sur le comptoir. Voilà qu'elle soupire.

– Ah là là ! Je l'ai hérité de mes parents, ce foutu hôtel… J'avais d'autres ambitions dans la vie que de me retrouver coincée ici !

Elle est partie pour nous faire la conversation, c'est sûr. Et c'est moi qui suis coincée ici, maintenant ! Elle replonge dans sa soucoupe et se choisit un deuxième bonbon.

Je la regarde mâchouiller, chouiff, chouiff, je vois l'intérieur de sa bouche parce qu'en plus, elle parle.

– Je voulais être chanteuse, moi. Tu sais, j'étais pas mauvaise... C'est mon père qu'a pas voulu. « C'est pas un métier, ça, chanteuse ! », qu'il disait.

– Vous chantiez quoi ?

Chouiff, chouiff. Je ne peux pas m'empêcher de regarder dans sa bouche.

– De la vraie musique ! répond Mlle Carrière. J'avais du coffre ! Pas comme toutes ces minettes ridicules qu'on voit partout ! Je me faisais mon contre-ut comme de rien ! Ah là là ! C'est loin tout ça. J'ai failli être prise dans les chœurs de l'Opéra. Si mon père...

Hop, un soupir et encore un autre bonbon. Pas étonnant qu'elle soit grosse. Démétrios s'assoit dans un fauteuil. Il a repéré la télé allumée.

– Ça fait cent ans que ce fichu hôtel appartient à ma famille ! T'en rends compte ?

Cent ans ! À l'époque de mon grand-père, y avait pas de salle de bains dans les chambres. Et les gens habitaient à l'année. Remarque, ça existe toujours.

Mlle Carrière jette un coup d'œil vers la cage d'escalier et baisse la voix.

– Moi, ça fait quatre ans que je me farcis Mlle Dubon et c'est pas un cadeau.

– Pourquoi elle vit ici ? Elle a pas de maison ?

– Bé non. Elle est plus toute jeune. Elle n'a pas envie de s'occuper d'une maison. Y a des gens comme ça. Ça les intéresse pas d'avoir un chez-soi. Et pis, y a ceux qui peuvent pas faire autrement. Comme les Kragujnic... Des Yougoslaves. Enfin, faut pu dire comme ça... Des ex-Yougoslaves. Ils attendent toujours d'avoir leurs papiers. Tu sais. Pour être français. Ce sont des réfugiés, quoi.

– Ils sont partis à cause de la guerre ?

– Oui. Eux, ils ont tout perdu... Les pauvres.

Ce doit être mes voisins d'en face. Ceux qui parlaient une langue qui me rappelait le grec. Mlle Carrière a fini la soucoupe. Elle la contemple puis soupire.

– Je devrais arrêter ces saletés, dit-elle en sortant un paquet neuf de son tiroir.

– Pipi.

Mon cœur rate un battement. Démétrios se tortille. Oh non ! Il a mouillé sa culotte ! Je l'oblige à se lever rapidement. Il y a déjà une auréole humide au beau milieu du fauteuil.

– Je suis vraiment désolée, mada... mademoiselle.

La patronne hausse les épaules en dépliant l'emballage de son bonbon.

– C'est pas grave.

J'entraîne Dem vers les toilettes du rez-de-chaussée pour qu'il finisse son pipi ailleurs que sur les coussins.

– Pas grave, répéte-t-il en me jetant un regard inquiet.

– Ouais, t'as de la chance. C'est de ma faute, je devrais être plus méfiante depuis le temps !

Finalement, je révise mon jugement sur Mlle Carrière. Elle est bien plus sympa que je ne l'avais cru au début.

III

L'assassin habite au 24

Je raye la date sur mon agenda, comme les prisonniers qui comptent les jours. Voilà. Un de moins. Je note : *dimanche, rien à signaler.* J'exagère un peu, papa nous a tous emmenés au cinéma voir un dessin animé pour les bébés. Évidemment avec Démétrios, pas question de films de karaté ou de dinosaures en folie. Maman trouve que toute cette violence, ce n'est pas bien pour moi non plus. C'est complètement débile. Je suis capable de faire la part des choses à mon âge. Il n'y a que les mous du cerveau qui sont influençables. Je rajoute sur mon carnet : *cinoche et pizza.*

La conversation à table est carrément rasoir. Mes parents ne parlent que de couleurs de moquette et de papiers peints.

– Pour la chambre de Dem, Babar ou Pokémon ? demande maman.

Je lui lance un regard horrifié.

– Tu ne vas pas lui faire ce coup-là ? T'imagines la honte ?

– Voyons, Athénaïs, il n'a que trois ans ! Et toi, qu'est-ce que tu voudrais pour tes murs ?

– Du noir avec des têtes de mort phosphorescentes.

– Je n'ai pas vu ça dans le catalogue, répond papa. Pour Démétrios, vous ne préférez pas le papier crème avec les étoiles dorées ?

Démétrios comprend parfaitement qu'on discute de sa chambre. Il a pris le catalogue et il a ouvert sur une page.

– Veux ça ! dit-il, le doigt pointé.

Il a choisi Pocahontas. Je rigole. Dem craque pour Pocahontas. Sûrement parce qu'elle est bien roulée.

– Fiiiille !

– C'est horrible, répond papa. Moins que les Pokémon, mais quand même ! Je vous assure, les étoiles…

Dem veut absolument Pocahontas. Alors, maman déchire la page et la lui donne. Il est très content avec ça. Comme j'en ai marre de leurs histoires, je me réfugie dans ma salle de bains. J'entends l'eau couler dans les tuyaux. Ça vient du dessus, probablement. Le locataire insomniaque. Je m'assois sur le rebord de la baignoire. Et si… et si la bonne femme avec la robe à fleurs, c'était lui ? Martine m'a dit qu'elle avait trouvé une perruque blonde dans ces affaires. Voilà un type qui se déguise et qui entre par l'issue de secours. Pourquoi ? Est-ce qu'il se cache ? C'est peut-être un voleur en cavale. Ou un assassin. Il faudrait que je prévienne mes parents ou Mlle Carrière. Mais bon, je n'ai pas de preuves non plus ! Hum… Je dois d'abord tirer ça au clair. Je pourrais l'attendre derrière les poubelles et le suivre discrètement. Ouais! Discrètement avec Démétrios sur les bras, je rêve! Pfuiit... C'est pas juste.

*
* *

Lundi matin. J'ai allumé la télé pour avoir la paix. Je viens de tester les chips avec de la mayonnaise et maintenant, je les trempe dans le miel. Je ne déteste pas. Avec le tarama, c'est tout de même meilleur. Mais rien ne vaut une tartine de camembert à la confiture de fraises au petit déjeuner.

Martine frappe à la porte de la chambre. C'est son heure. Démétrios lui saute au cou pour lui faire des bisous. Martine s'assoit pour se masser les jambes.

– Tu t'embêtes pas trop? demande-t-elle.

– Si. Je suis prête à tout. Est-ce que je peux faire le ménage avec vous?

Elle a l'air tenté. Moi, j'ai une idée derrière la tête: Martine peut entrer dans toutes les chambres. Si je la suis, je pourrai farfouiller chez le locataire de la 24. J'ai vu un vieux film qui s'appelle *L'assassin habite au 21*. C'est un super film en noir et blanc, très rigolo, qui, justement se passe dans un genre d'hôtel, une pension de famille. Je pourrais écrire un roman : *L'assassin habite au 24*.

– Je ne sais pas si la patronne sera d'accord... dit Martine.

– Oh, s'il vous plaît ! Il pleut, on ne peut même pas sortir !

– Bon, tu peux venir avec moi mais il vaut mieux que tu ne touches à rien ! Et le petit ?

– Dem est très sage ! Il ne fait pas de bêtises, enfin, pas beaucoup...

Martine commence par faire les lits, tout en discutant. Elle me raconte des choses sur les locataires de l'hôtel. D'abord, il y a les Kragujnic. Ils sont deux, un homme et une femme mais ils ne sont pas mariés, ils sont frère et sœur. Mlle Kragujnic s'occupe d'une vieille dame impotente. Elle lui fait ses courses et son ménage. M. Kragujnic ne travaille pas. Il passe son temps à faire la queue à la Sécurité sociale et à la préfecture de police. C'est très difficile d'avoir des papiers d'identité français. Ce n'est pourtant pas de leur faute s'ils sont là. Ils ont été chassés par la guerre dans leur pays. Ensuite, il y a le drôle de bonhomme de la 24. Ce qu'il fait celui-là, mystère… Et enfin, il y a Mlle Dubon qui vit à l'année à l'Hôtel Central.

– Tu peux la suivre à l'odeur, dit Martine. Elle ne se lave pas, parole de scout ! Elle s'enduit de crème bon marché à la place. Je te jure que c'est vrai. Tous les jours, il y a un pot vide de cette saleté dans la poubelle ! Et les draps ! C'est monstrueux quand je dois les changer ! Ils sont tout graisseux. À mon avis, elle est complètement zinzin.

La seule occupation connue de Mlle Dubon, c'est d'aller boire au bistrot et de jouer au loto.

– Le matin quand elle part, elle pue la crème. Le soir quand elle rentre, elle pue aussi le vin blanc ! Mais elle paie son mois, rubis sur l'ongle.

Martine emploie plein d'expressions très marrantes. Ainsi, j'apprends que la patronne est « plus radine qu'un Écossais », que Mlle Kragujnic parle « français comme une vache espagnole » et que Mlle Dubon est « dérangée du bocal ».

Démétrios et moi, nous suivons Martine dans tous ses déplacements. Dem a l'air de trouver ça amusant, surtout quand Martine le laisse tirer l'aspirateur. Il n'y a pas beaucoup de clients en ce moment. Mlle Carrière se fait du mouron, normalement à Pâques, l'hôtel devrait être plein.

– C'est la faute à ce fichu temps ! suppose Martine. Comment veux-tu que les touristes rappliquent quand il pleut des hallebardes ? Sûr que si j'avais les moyens, moi, c'est direct aux Antilles !

Martine a une clé spéciale qui ouvre toutes les portes. Ça s'appelle un «passe». Nous entrons dans la chambre de Mlle Dubon. Là, l'odeur me prend à la gorge.

– Pas bon, constate Démétrios, le nez plissé.

Martine rigole. Elle nous montre la poubelle de la salle de bains. C'est vrai, il y a un gros pot de crème vide.

– Tu vois! Je te raconte pas de craques! Je me demande même si elle la mange pas! Première chose à faire, ici, c'est d'aérer en grand!

Martine enfile ses gants de caoutchouc et saisit le drap entre deux doigts. Il y a des traces jaunâtres dessus.

– Elle dort dans sa crème! Pas question que je tripote cette saleté avec mes mains propres!

Je regarde autour de moi pendant que Martine fait le lit. Il y a quelques objets personnels sur la commode: deux boîtes en porcelaine et quatre horreurs de chats en cristal. Mlle Dubon habite ici à l'année et c'est tout ce qu'elle possède. Ce qui me frappe le plus, c'est qu'il n'y a pas de photos. Je trouve ça bizarre. C'est comme si elle n'avait pas eu de vie avant.

Martine ne s'attarde pas dans la chambre de Mlle Dubon. Selon elle, c'est vraiment pas la peine de se fatiguer. J'ai hâte qu'on monte au deuxième voir l'antre de l'assassin. Mais il y a encore les Kragujnic au premier. Chez eux, c'est très différent. Il y a des trucs partout, beaucoup de vêtements qui traînent. Et des photos. Je reste devant. Ce sont les mêmes personnes sur toutes les photos. Sur un des cadres, on a mis un ruban noir. Je regarde longuement la dame et les deux enfants, des garçons, sur cette photo. Ils sourient. Je déteste ce ruban noir.

– Oh! Excusez-moi! Je reviendrai plus tard!

Je sursaute au son de la voix. C'est un monsieur qui se tient dans l'encadrement de la porte. Son visage est couleur caramel brûlé, il a des rides profondes de chaque côté de la bouche.

– Je n'en ai pas pour longtemps, M. Kragujnic ! répond Martine en disparaissant dans la salle de bains.

Démétrios s'est planté, tout droit tout raide, devant M. Kragujnic. C'est inhabituel, jamais il ne s'intéresse aux hommes. M. Kragujnic le dévore de ses yeux noirs. Il se passe quelque chose en moi. J'ai la gorge serrée.

– Beau… murmure M. Kragujnic. Beau garçon… Comme dans mon pays !

– On a de la famille en Grèce, dis-je brusquement. Oh ! Pardon ! Je suis Athénaïs et c'est mon petit frère Démétrios. Nous sommes dans la 14, en face. Et heu… On s'ennuie.

– Zoltan. Je m'appelle Zoltan.

Il s'assoit dans le fauteuil. Aussitôt, Dem va vers lui. Il prend appui sur le genou de M. Kragujnic et pose un baiser sur sa joue.

Démétrios sait. Il sait que M. Kragujnic est triste.

– Gentil… Tu es gentil… Mes petits garçons étaient gentils comme toi.

Mon regard dérive vers la photo au ruban noir.

– Ah! Je suis content de m'asseoir! s'exclame M. Kragujnic. Je passe ma vie à faire la queue… pour demander un logement, pour la Sécurité sociale, pour les papiers… On fait beaucoup de promesses en France. Et on fait surtout beaucoup la queue!

– Vous parlez français drôlement bien, dis-je.

– J'étais professeur à Sarajevo. Ici, je ne suis rien.

– C'est affreux, la guerre.

Je veux lui parler mais je ne sais pas comment.

– C'est comme ça, dit-il doucement.

– Mon pépé… mon grand-père, il raconte que, quand les Français ont déclaré la guerre aux Allemands, il était tout excité. Ça lui faisait presque plaisir de leur mettre la pâtée… On pense toujours qu'on va gagner au début, et que rien ne peut vous arriver. Parce que… parce qu'on ne comprend pas vraiment. On ne comprend pas que des gens vont mourir. Évidemment qu'on s'en doute mais ce n'est pas réel.

– C'est juste, répond M. Kragujnic. Moi aussi, j'ai vécu ça. L'excitation. Maintenant, je n'ai plus qu'un seul mot en tête : pourquoi ? Pourquoi… Mais il n'y a pas de réponse.

Je suis heureuse quand Martine réapparaît. Je veux partir. C'est dur de regarder M. Kragujnic. Il y a trop de douleur sur son visage marqué.

– Revenez quand vous voulez, dit-il.

Démétrios ne veut pas quitter M. Kragujnic. Il est incroyable, mon petit frère. Il est flemmard pour ce qui est de la parole. Moi, à son âge, je parlais tout le temps. Mais il sent les choses. Il est intelligent avec son cœur. Je crois que c'est la plus belle des qualités.

– Tu veux qu'on allume la télé? demande M. Kragujnic.

– Y a des fiiiilles? répond Dem, en s'installant sur ses genoux.

Il me fait rire. J'explique à M. Kragujnic que Dem adore les filles. Je ne devrais pas laisser Dem ici, je suis supposée le surveiller. Mais comme j'ai décidé de faire tout ce qui est interdit... Je promets de revenir le chercher dans une heure.

Je me retourne au moment de sortir. M. Kragujnic a passé ses bras autour de Démétrios et il le serre contre lui.

J'ai envie de pleurer. Ça faisait longtemps!

*
* *

Martine râle un max en montant l'escalier. L'aspirateur est lourd. Je l'aide en portant son matériel de nettoyage. Martine prétend qu'il n'y a pas d'ascenseur parce que Mlle Carrière a un élastique autour de son portefeuille. Elle m'assure que je n'ai pas à m'inquiéter pour mon frère. M. Kragujnic est «bon comme la romaine»!

Il n'y a que la chambre 24 d'occupée au deuxième étage. J'ai comme une appréhension, même si j'ai hâte d'y entrer. Je ne m'attends pas à trouver un cadavre dans le placard, pourtant… et si…

Martine frappe deux petits coups rapides et ouvre aussitôt. Je me tiens derrière elle et j'ai juste le temps d'apercevoir l'expression de surprise sur le visage du locataire.

– Oh, pardon! s'écrie Martine. Je croyais qu'il n'y avait personne!

L'assassin de la 24 cache quelque chose précipitamment dans sa mallette. Je n'ai entrevu qu'un objet noir. Je suis persuadée que c'est un revolver.

– C'est… euh… sans importance! bégaie-t-il. J'a… Je me préparais à sortir, de toute façon!

Je reste dans le couloir, un peu à l'écart. Il referme sa mallette d'un coup sec et prend son imper. Il est jeune, pas très grand, assez mince. Il a une tête plutôt sympathique. Dans les romans policiers, le méchant, c'est toujours celui auquel on ne pense pas. Il est vraiment parfait dans le rôle.

Il part d'un pas presque sautillant. Martine me fait un clin d'œil.

– Qu'est-ce que je donnerais pas pour savoir ce qu'il y a dans sa mallette ! ricane-t-elle.

En tout cas, pour ce qui est de savoir ce qu'il y a dans ses tiroirs, Martine n'est pas gênée.

– C'est pas que je fouille dans les affaires des clients ! dit-elle en ouvrant le placard sous le lavabo. Je veux juste te montrer…

C'est un vanity-case bleu foncé. Il n'est pas verrouillé. Martine avait raison : il y a bien une perruque blonde et du maquillage dedans ! Nous sommes prises d'un fou rire.

– On regarde dans l'armoire ? demande Martine. Je devrais pas...

Je me précipite sur l'armoire avant qu'elle ne change d'avis. Il y a des vêtements d'homme et... la robe à fleurs ! Je ne peux pas me tromper, elle est tellement affreuse qu'elle en est inoubliable.

– Bizarros, non ? dit Martine. Enfin, il faut de tout pour faire un monde !

Peut-être... mais dans quel monde vit ce bonhomme-là ? Martine commence son ménage tout en me racontant des histoires sur l'hôtel. Ça fait plus de dix ans qu'elle travaille ici. Alors des gens « bizarros », il y en a eu à la pelle ! Et puis, elle en arrive au fantôme.

– C'est pas des blagues, dit-elle. Bon, d'accord, personne ne l'a jamais vu... Mais on l'a entendu. Des soupirs... même des gémissements ! La patronne veut pas qu'on en parle, tu t'en doutes ! Ça ferait fuir les clients.

Je pense plutôt que c'est la plomberie. Martine insiste. Quand elle est arrivée à l'hôtel, il n'y avait pas de code sur la porte comme maintenant. Alors, il fallait que quelqu'un reste à la réception pendant la nuit. Martine dormait sur un lit de camp derrière le comptoir. Elle me jure l'avoir entendu. Muumm, mummm… Ça faisait comme ça. Et fort! Martine a eu tellement peur qu'elle a refusé de rester la nuit par la suite.

Je ne crois pas aux fantômes mais je suis quand même impressionnée.

– Ça serait le fantôme de qui?

– Paraît qu'y a eu un crime dans les années trente. Un mari jaloux qui a surpris sa femme avec son amant. Il a tué le type et blessé son épouse. C'est l'ancienne femme de chambre qui me l'a raconté. Avant d'être virée. Elle piquait dans la caisse.

– Je ne suis pas sûre qu'une voleuse soit digne de confiance!

– Ouais, peut-être. Mais la patronne veut pas qu'on en parle. C'est une preuve, ça!

À mon avis, ça prouve surtout que ce sont des âneries.

IV
Mélodie

Je note sur mon agenda : *lundi après-midi, télé, lecture, ennui mortel. Soir, dîner avec Dem, quiche, nouilles au gruyère et glace. Parents revenus après neuf heures.*

Je suis allongée sur mon lit. J'écoute. Rien. Ou l'assassin est devenu très silencieux ou il n'est pas encore rentré. Démétrios s'agite, ce qui signifie qu'il dort profondément. Il y a de la lumière dans la chambre de mes parents. J'attends qu'ils se couchent. J'ai un plan.

Dès que je serai sûre que tout le monde est endormi, je vais sortir. J'ai la clé de la 14. Et je sais deux choses très intéressantes : d'abord, Mlle Carrière a son appartement au rez-de-chaussée, ensuite Martine range son passe dans le tiroir du comptoir de la réception.

Le seul truc qui m'embête un peu, c'est le fantôme. J'ai la trouille de le rencontrer même si, apparemment, ça n'est jamais arrivé à personne. Le plan, c'est de me promener dans l'hôtel, en pleine nuit. Parce que mes parents me l'interdiraient forcément s'ils étaient au courant. C'est ça qui est drôle.

Tiens, il n'y a plus de lumière à côté. Je compte jusqu'à cent. Je me lève, enfile un gilet et mes chaussons. Je me glisse dehors, ma clé dans la poche du tricot. Il n'y a qu'une veilleuse rouge dans le couloir. Pas question d'appuyer sur l'interrupteur. Demain, je vais m'acheter une lampe torche. Je patiente quelques secondes, le temps de m'accoutumer à la pénombre. Mon cœur bat vite. Aucun bruit.

Je me tiens au mur pour avancer vers l'escalier. Je fais gaffe en descendant. Dans le hall, on y voit davantage à cause de l'éclairage public dans la rue. Le comptoir. Le tiroir. Je pique un bonbon. Et voilà le passe.

Ouais bon d'accord mais qu'est-ce que j'en fais, maintenant ? Je ne peux pas entrer dans les chambres occupées. Il reste la 24. L'assassin est-il toujours dehors ?

J'étouffe une exclamation. Il y a quelqu'un à la porte ! Je me cache sous le comptoir. Je suis une sacrée idiote ! Clac. On entre. C'est vrai qu'il y a un code pour les clients qui rentrent tard. Ça ne peut être que lui. Que lui…

La lumière inonde le hall. Je me tasse en boule. J'entends une respiration puis les pas qui montent l'escalier. Mais… Ces bruits de pas, on dirait des talons aiguilles. Pourtant, l'assassin n'était pas déguisé quand il est parti. Serait-il revenu sans que je m'en aperçoive ?

Je me redresse prudemment. Hé ? Il y a quelqu'un d'autre devant la porte ! Je m'accroupis à nouveau. Cette fois, j'ai eu le temps de voir. C'est le locataire de la 24. Qui est entré en premier ? La minuterie s'est éteinte. Et ce qui est vraiment étrange, c'est que l'assassin ne la rallume pas.

Il est là. Dans le hall. Mais qu'est-ce qu'il attend ? Je retiens ma respiration. M'aurait-il vue ? Non... Ça y est, il marche vers l'escalier. Dans le noir. Pourquoi ?

Je respire à nouveau. Il s'éloigne. Si je n'avais pas l'oreille aux aguets, je ne saurais même pas qu'il gravit les marches. Car il est très silencieux.

Ok... Qu'est-ce que tout ça signifie ? C'est un client de l'hôtel alors pourquoi donc agit-il ainsi ? Je m'assois par terre, sous le comptoir. Réfléchissons. Voilà un type qui ne fait que des choses bizarros, comme dirait Martine. Il se déguise, il passe par la sortie de secours, il a un revolver dans sa mallette (enfin, je suis presque sûre...) et il rentre à la nuit tombée.... Mais oui ! C'est ça ! Il suivait la personne qui est arrivée en premier ! Et comme il ne voulait pas qu'elle s'en aperçoive il n'a pas allumé la minuterie !

Je suis vraiment très intelligente. Tout devient clair. Mon assassin est ici à cause de cette autre personne. Il l'espionne. L'histoire du mari jaloux qui a tué l'amant de sa femme dans l'hôtel me revient en mémoire. Est-il là pour commettre un meurtre ? Qui est la victime ? Ça n'est pas nous, c'est déjà ça. Les Kragujnic, probablement pas. Il ne reste que Mlle Dubon. Je ne l'ai pas encore rencontrée mais je sais que ce n'est pas une jeune fille et qu'elle habite depuis quatre ans à l'Hôtel Central. Et qu'elle collectionne d'affreux chats en cristal. Ce qui n'est quand même pas une raison suffisante pour tuer quelqu'un.

Mais j'ai mon plan pour demain. Je vais faire la connaissance de Mlle Dubon. Ou plutôt non… Je vais l'espionner à mon tour. Ça ne devrait pas être très difficile. Grâce à

Martine, j'ai un indice : Mlle Dubon joue au loto au café d'en face.

Je quitte ma cachette. L'assassin doit être dans sa chambre, maintenant. Je remonte prudemment. Je marque un temps d'arrêt en haut de l'escalier. Ça va, le couloir est désert. Dans l'excitation du moment, j'en ai oublié le fantôme. C'est bien ce que je pensais, il n'existe pas. Ou alors, il est en vacances.

Je glousse sous mes draps en mâchouillant le bonbon que j'ai piqué dans le tiroir. Il est interdit de manger après s'être lavé les dents. Parfait.

*
* *

Il pleut pour changer. Dem me casse les pieds depuis qu'il est levé. Il veut voir « Joltan ». Dem a un problème avec les z. Mais M. Kragujnic est aux abonnés absents. Il a dû aller faire la queue quelque part.

Démétrios ne veut pas sortir, évidemment. Je le traîne hors de la chambre. lui promets des éclairs au café mais il chouine en appelant «Joltan». Il cesse dès que nous arrivons dans le hall.

– Fiiiilles!

Effectivement, il y a deux filles. Enfin, plus exactement une dame et une fille. Elles sont à la réception. Mlle Carrière est derrière son comptoir. La fillette a peut-être cinq ou six ans. Elle est accrochée au manteau de sa mère. Elle roule des yeux inquiets. Elle a même un mouvement de recul quand Dem bondit près d'elle.

– Bonjour, fiiiille! s'écrie Démétrios.

La dame le regarde, ébauche à peine un sourire. Elle a l'air fatigué. Mlle Carrière tend sa soucoupe de bonbons, d'un geste machinal.

– Je préfère que Mélodie ne mange pas trop de sucreries, dit la dame.

Moi, je me sers. La dame remplit sa fiche. Dem essaie les bisous mais Mélodie s'écarte. Il est tout déçu, mon petit frère!

– Chambre 18. Vous restez combien de temps ? demande Mlle Carrière.

– Trois ou quatre jours, je ne suis pas encore sûre.

– On est là toutes les vacances, dis-je. Mélodie peut venir jouer avec nous ?

Ce que j'espère, en fait, c'est que la dame s'occupe de Dem. Je ne peux pas lui dire directement mais je peux poser les jalons.

– Heu non, merci, répond la dame.

Dem a suivi la conversation et il a très bien compris.

– Veux jouer avec fiiiiille !

– Ce n'est pas possible pour l'instant.

Elle parle assez sèchement. Pourtant, je ne crois pas qu'elle soit méchante. J'ai plutôt l'impression qu'elle est ennuyée. Là voilà qui prend sa gamine d'un côté et sa valise de l'autre. Dem les suit. Il est du genre têtu, surtout quand il s'agit des filles. La dame se retourne dans le couloir du premier. Elle est surprise de nous voir derrière elles.

– J'ai dit non ! C'est assez clair ?

Je n'apprécie pas sa façon de nous parler. Je sors ma clé et je l'agite.

– On a le droit de rentrer chez nous. C'est assez clair, ça aussi ?

Elle hausse les épaules et pousse Mélodie à l'intérieur de la chambre 18. Je regrette d'avoir répondu sur ce ton. Maintenant, y a peu de chance qu'elle garde Démétrios.

– Oh et puis zut ! Allez, viens, Dem ! On va au bistrot !

Il s'est planté devant la porte fermée, le visage chagriné. Je lui tends la main. Il soupire et l'accepte. Nous redescendons.

– Pas très sympa, la maman, dis-je à Mlle Carrière.

– Qu'est-ce tu veux, mon chou ! répond-elle. Y a des gens qu'ont des soucis ! J'ai de l'expérience, tu sais. J'ai vu tout de suite que celle-là, elle se fait du saucisson !

Ça me fait rire. Faut croire que Martine a déteint sur sa patronne. Mlle Carrière a de drôles d'expressions, elle aussi. Dem se console avec la soucoupe de bonbons.

– Pourquoi vous pensez qu'elle a des problèmes ?

– Hum… Déjà, quand les clients ne savent pas combien de temps ils restent, c'est une indication. Des fois, c'est parce qu'ils travaillent, comme les voyageurs de commerce. Des fois, c'est parce que ce sont des touristes. Mais elle, c'est ni l'un ni l'autre.

– C'est Pâques, elle est peut-être en vacances !

Mlle Carrière est sûre que non. Les touristes, ils sont décontractés. Enfin, le plus souvent. Cette dame a l'air bien trop stressé. Elle est entrée à l'hôtel comme par hasard, elle n'avait pas de réservation. Et elle n'a pas arrêté de jeter des regards vers la rue. Mlle Carrière me montre la fiche qu'elle a remplie. Je lis rapidement le nom : Mme Théron et l'adresse à Versailles. On ne prend pas une chambre d'hôtel à dix kilomètres de chez soi sans avoir une bonne raison! C'est pour ça que Mlle Carrière croit qu'elle a des ennuis. Ouah! Je suis impressionnée. La patronne est vachement forte pour les déductions.

– C'est vrai qu'on est ici parce qu'il y a eu le feu chez nous... Peut-être qu'elle a une invasion de termites.

J'ai vu un reportage à la télé sur les termites qui bouffent les maisons dans les villes. Ça fout les jetons. Mlle Carrière n'est pas convaincue pour les termites. N'empêche que ça peut arriver.

*
* *

Je tape sur le zinc d'un air dégagé.

– Deux limonades, s'il vous plaît!

Le serveur fait les yeux ronds.

– T'es pas un peu jeune pour boire dans les cafés? remarque-t-il.

– Je ne vous ai pas demandé deux whiskys! dis-je.

Il y a un consommateur à côté de moi qui sirote sa bière. Il se met à rigoler.

– Elle a de l'aplomb, la gosse ! Allez, Franck, tu peux bien lui donner ses limonades !

Franck hoche la tête et finit par accepter de nous servir à la condition qu'on s'installe à une table. Il doit penser que ça fait mauvais genre une fille de mon âge assise sur un tabouret de comptoir. Dem est très content parce qu'il y a une paille et une ombrelle dans son verre. Il ne lui en faut pas beaucoup pour l'amuser.

J'observe les clients. J'ignore à quoi ressemble Mlle Dubon. Je peux déjà éliminer tous les bonshommes. Il y a quatre femmes. L'une d'elles est trop jeune et en plus, elle est avec un copain. Je raye mentalement la mama africaine qui gratte frénétiquement ses tickets de banco. Et la grosse entre deux âges qui s'avale sa Francfort-frites à dix heures du matin. Ne reste que la vieille toute sèche isolée au bout du comptoir. Ballon de blanc, grille de loto. Aucun doute, c'est bien elle en train de remplir son bulletin de jeu. Personne ne s'est assis à côté d'elle, ce doit être à cause de l'odeur. Elle a une tête très antipathique. Je l'imaginais tout à fait comme ça, la collectionneuse de chats en cristal. Elle siffle le fond de son verre et fait valider son bulletin.

– Bois en vitesse ! dis-je à Dem. On va se promener !

Il regarde la pluie qui tombe à verse mais ne proteste pas. Il met la petite ombrelle dans sa poche. Ça y est, Mlle Dubon quitte le café. Nous lui emboîtons le pas.

Je suis excitée comme une puce. J'ai l'impression que je vais découvrir quelque chose d'important. Deux pâtés de maisons plus loin, je suis carrément déçue. Elle va à la banque. Je l'observe à travers la porte vitrée. Tiens, elle descend au coffre…

Dem me tapote le bras et me fait remarquer qu'il pleut. Je fais demi-tour un peu brusquement. Juste derrière moi, quelqu'un vient d'arriver en douce.

– Oh pardon, monsieur!

Il me regarde un peu bizarrement. Il n'est pas très grand, assez mince... Oh, bon sang! Si on lui enlève son chapeau, la barbe et les lunettes, c'est... l'assassin de la 24! Je fais semblant de ne pas le reconnaître et il fait pareil. J'entraîne Démétrios sur le trottoir d'en face. Par chance, il y a une boulangerie dans laquelle nous entrons. Après tout, j'avais promis un éclair à Démétrios. En attendant mon tour, je ne quitte pas des yeux la façade de la banque. L'assassin se débat avec son parapluie récalcitrant. Je suis persuadée qu'il joue la comédie. Il espionne l'intérieur de la banque.

J'avais donc raison: l'assassin suit Mlle Dubon! Et il se déguise d'une manière différente à chaque fois. Je devrais le dire à mes parents. La vieille est peut-être en danger de mort. Oui, je devrais tout raconter... C'est ce que font les enfants obéissants. Alors, pas question !

Nous ressortons juste au moment où Mlle Dubon réapparaît. L'assassin a enfin ouvert son parapluie et il s'en sert pour cacher son visage quand elle passe devant lui. Je profite que Dem mange son éclair sous l'auvent de la boulangerie pour observer. Mlle Dubon rentre à l'hôtel. L'assassin n'a pas bougé. Dès que Mlle Dubon est entrée, il se met en mouvement. J'attends qu'il soit suffisamment loin devant. Je le vois qui tourne dans la ruelle. Je sais ce qu'il fait. Il va pénétrer dans l'hôtel par l'issue de secours. Inutile de vérifier.

Démétrios a fini son gâteau. Il a plein de crème au beurre marron autour de la bouche. Tiens. Mme Théron sort. Seule. A-t-elle laissé Mélodie à la garde de Mlle Carrière ?

Apparemment pas. La patronne est en train de lire un magazine en mâchouillant ses bonbons. Elle lève la tête à notre arrivée.

– Sale temps, hein ?

– Oui, le jardin, ce n'est pas pour aujourd'hui ! Dites… Ce n'est pas la dame de tout à l'heure qui vient de partir ?

Mlle Carrière pose sa revue et nous tend la soucoupe de bonbons.

– Ouais, ben, chuis pas ravie ! J'aime pas beaucoup l'idée que la gamine soit dans la chambre sans surveillance. Elle m'a juré que la petite était sage et qu'elle revenait dans une heure maxi, mais quand même…

– Je peux y aller, moi ! Vous avez qu'à me donner le passe !

Mlle Carrière trouve ça génial. Elle me file le passe et un paquet neuf de bonbons collants. Démétrios trépigne : il a compris qu'on allait voir une fiiiille.

Pour ne pas affoler Mélodie, je frappe d'abord à la porte en criant :

– Service d'étage !

Mélodie est recroquevillée sur le grand lit, une poupée serrée contre son cœur. La télévision est allumée, il y a des crayons de couleurs et des albums de coloriage sur la moquette.

– N'aie pas peur, dis-je. On vient jouer avec toi.

– Où est maman ? demande-t-elle.

– Tu ne le sais pas ?

– Si. Elle est allée voir un monsieur.

Démétrios est monté sur le lit. Il s'installe à côté de Mélodie. Pour lui, c'est le bonheur total, une fille et la télé ! Je raconte à Mélodie l'histoire de l'incendie de ma maison avec beaucoup de détails. J'en rajoute un peu en inventant le sauvetage des canaris de la gardienne par un courageux pompier.

– Et toi ? Y a eu des termites, des cafards ou un feu chez toi ?

Mélodie fronce les sourcils. Visiblement, ce n'est pas la bonne pioche. J'insiste. Pourquoi est-elle à l'hôtel ? Brusquement, Mélodie relève la manche de son pull et me montre son bras. Il y a un gros, un énorme bleu du poignet jusqu'au coude.

– Mon papa est méchant... souffle-t-elle.

Des frissons me parcourent le dos. Tout s'explique, l'attitude de Mme Théron, l'air craintif de Mélodie. L'indignation s'empare de moi. Je n'arrive même pas à imaginer comment un père peut frapper ses enfants.

– Ta maman a bien fait de partir, dis-je.

Les larmes montent aux yeux de Mélodie. C'en est trop pour Démétrios. Il se jette à son cou et la couvre de bisous.

– Pas pleurer, fiiiille!

Mélodie essuie ses joues et ébauche un sourire.

– Il est drôle, ton petit frère.

Je sens que c'est le moment de passer à autre chose. J'organise un atelier de dessins et coloriage. Je fais des tas de bêtises exprès sur les albums de Mélodie. Ça les fait beaucoup rire.

– Mais non, les chats, y sont pas verts! s'écrie Mélodie.

– Je suis bête ! Bien sûr, ils sont bleus !

Démétrios est très doué pour le coloriage. Il ne dépasse presque pas. Je commence à avoir sacrément faim. Dem secoue le paquet de bonbons vide sous mon nez et réclame d'autres cochonneries qui collent aux dents, de préférence.

Je regarde ma montre. Il est plus de treize heures. Le rendez-vous de Mme Théron avec le « monsieur » s'éternise. Je laisse un mot sur le lit et j'emmène les deux petits dans notre chambre. On se bourre de chips-mayonnaise, de biscuits au chocolat et de lait-grenadine. C'est mon idée d'un repas équilibré. Ça fait plaisir de regarder Mélodie se goinfrer en riant des pitreries de Démétrios. Il lui sort le grand jeu pour l'amuser.

J'entends du bruit derrière la porte. Je vais ouvrir quand Mme Théron appelle Mélodie.

– On est là, madame.

J'ai un peu peur qu'elle le prenne mal. Mais non, elle me sourit.

– La patronne m'a prévenue que vous étiez avec Mélodie. Je suis désolée, je suis partie beaucoup plus longtemps que prévu.

– Pas de problème, dis-je. Vous voulez manger quelque chose ?

Mme Théron s'assoit avec nous. Elle regarde le chantier sur la table.

– Vous avez invité une horde de barbares affamés ? demande-t-elle.

Puis elle se tartine de la confiture de fraises sur une tranche de quatre-quarts.

V
Hôtel des cœurs brisés

Mme Théron a fini le pot de confiture. Démétrios et Mélodie piquent du nez. Ils ont besoin d'une bonne sieste. Je propose qu'on les couche dans ma chambre, une petite heure. Mme Théron ne refuse pas. J'ai l'impression qu'elle n'a pas envie de se retrouver toute seule. Mélodie proteste pour la forme. Dem, lui, est tout content de dormir à côté d'une fiiiille qui n'est pas sa sœur pour changer.

– Vous pouvez vous faire un café, si vous voulez, Madame.

– Appelle-moi Anne. Je… Je voulais m'excuser pour tout à l'heure. Je n'ai pas été très gentille avec toi.

– Oh, c'est rien ! J'ai bien compris que vous aviez beaucoup de choses en tête. Heu… Mélodie m'a montré son bras.

– Mon Dieu ! gémit Anne. Ce… C'est la première fois que…

– Que son père lui tape dessus ?

Mme Théron me regarde, les yeux brouillés. Elle acquiesce en silence. Je voudrais pouvoir l'aider mais je n'ai que onze ans (et demi), moi !

– Que faut-il que je fasse ? dit Anne. Je suis partie, je n'ai pas réfléchi. J'ai profité que mon mari était au travail et maintenant… J'ai été voir un avocat, ce matin. Mais il faut que j'y retourne. Je ne sais pas… Je ne sais plus !

Mme Théron a besoin de parler. Écouter, au moins, je peux le faire. Elle me déballe sa vie comme si j'étais sa meilleure amie. En fait, en ce moment, je suis la seule amie qu'elle ait sous la main.

Ça fait huit ans qu'elle est mariée. Au début, c'était bien. Et puis, son mari a eu des soucis, il a été licencié de son entreprise. Il a commencé à boire un peu trop. Il a toujours été colérique mais avec l'alcool, il est devenu violent. Il s'est mis à tabasser sa femme. Quand il a enfin retrouvé du boulot, Anne était sûre que tout allait s'arranger. Malheureusement, il avait pris l'habitude de boire et il a continué. Hier, il a eu une mauvaise journée et il s'est réfugié dans sa bouteille de vodka. Et comme toujours dans ces cas-là, il a sauté sur le premier prétexte venu pour se fâcher contre sa femme.

Anne croyait que Mélodie dormait. Et tout d'un coup, elle l'a vue à la porte du salon. Mélodie s'est mise à hurler: «Touche pas maman!» Anne a essayé de lui parler calmement et de la remettre au lit. Mais elle était presque hystérique. Elle donnait des coups de pied à son père. Alors, il l'a frappée si fort qu'elle a heurté une chaise. C'est ça, le bleu au bras. M. Théron est parti comme un fou. Dehors. Comme s'il avait eu peur de lui-même.

Il n'est revenu que tard dans la nuit. Il a demandé pardon à sa femme. Il a juré que ça n'arriverait plus jamais. Mais il l'a juré trop souvent…

J'ai l'impression d'être en train de regarder un reportage à la télé sur les femmes battues. L'histoire de Mme Théron, je l'ai entendue cent fois. C'est presque toujours la même chose. Sauf qu'à la télé, ça n'a pas l'air d'être vrai.

Anne est complètement déboussolée. Elle n'ose pas rentrer chez elle et en même temps, elle le voudrait. Peut-être que son mari tiendra parole. Peut-être qu'il va arrêter de boire. Peut-être qu'il va se faire soigner. Peut-être qu'il mérite une deuxième chance… Et puis, Anne ne travaille pas. Comment elle va faire toute seule, pour élever sa fille, sans maison et sans argent ?

Anne consulte sa montre. En se dépêchant un peu, elles pourraient être à Versailles avant le retour de son mari. Comment va-t-il réagir si elles ne sont pas là ? À mon avis, il va boire jusqu'à rouler sous la table. Anne pense sûrement la même chose.

– Faut pas rentrer, dis-je, autrement tout ça n'aura servi à rien. Mais vous pouvez lui téléphoner.

– J'ai peur de sa réaction, répond Anne.

– Il ne sait pas où vous êtes. Vous ne craignez rien !

– J'ai un rendez-vous avec l'avocat, demain. Je ne sais même pas quoi lui dire !

– Ben… Demandez-lui conseil. Il est là pour ça, non ?

Anne paraît très fatiguée, tout d'un coup. Mélodie s'est endormie sur mon lit. C'est un grand lit, il y a de la place pour deux. J'envoie Anne se coucher à côté d'elle. C'est drôle parce qu'elle fait ce que je lui dis. J'ai l'impression que c'est moi, l'adulte. Je les regarde, tous les trois, allongés dans la pénombre de ma chambre. Ils me paraissent faibles, vulnérables et je dois les protéger.

C'est peut-être idiot mais c'est ce que je ressens à cet instant.

Et pis, moi, j'ai pas du tout envie de dormir !

*
* *

J'ai allumé la télé. J'ai mis le son très bas. Je trempe mes chips dans la sauce béarnaise. Scronch, scronch. Ça fait plus de bruit que la télé. Je suis un peu écœurée. Je râle toujours parce que mes parents ne me laissent pas manger tout ce que je veux. Je dois reconnaître qu'ils n'ont pas tout à fait tort. Depuis que je suis livrée à moi-même, je bouffe n'importe quoi n'importe quand. Je commence à penser que les carottes râpées et le poulet-salade, ce n'est pas si mal que ça.

La pluie tombe en rangs serrés. Ce n'est pas vraiment un temps idéal pour aller se promener. Par ailleurs, je pourrais profiter de la situation. Si Démétrios se réveille, il ne sera pas tout seul. Je voulais m'acheter une lampe torche pour mes excursions nocturnes. Allez, zou! J'enfile mon imper, je prends les sous que papa me donne tous les matins, je laisse une note sur la table: «suis partie faire une course.» Je suppose que Mlle Carrière est derrière son comptoir. Elle va vouloir me faire la conversation, je préfère éviter. Direction: la sortie de secours.

Tout va bien, personne en vue. Je connais un peu le quartier. Je choisis le grand magasin, c'est moins cher. Et voilà, je suis à la caisse. Et maintenant? C'est un peu bête de rentrer déjà. Je ne suis pas très loin de chez moi. Et si j'allais faire un tour de ce côté-là? Je n'ai pas revu ma maison depuis plusieurs jours. Même si j'écoutais distraitement, je me souviens de ce que papa a dit. On a monté des échafaudages pour nettoyer la façade noircie. Paraît que ça va durer trois mois, le ravalement! Tout en marchant sous la pluie battante, je pense à ma chambre toute neuve. Je n'ai pas encore choisi mon papier peint. Tout ce que je sais, c'est que la moquette sera partout vert forêt. Je crois que je vais opter pour le papier crème avec des feuilles en relief de la même couleur. Je trouve que ça fait jeune fille, pas bébé.

Ça y est, j'y suis. Effectivement, il y a des échafaudages. Je constate que toutes les fenêtres ont été réparées. J'hésite à entrer. J'ai encore en mémoire les escaliers pleins d'eau et cette horrible odeur âcre. J'aperçois M. Valois, notre voisin du troisième. Il sourit en me reconnaissant.

– Tiens, Athénaïs ! Tu viens inspecter les travaux ?

– Je n'ai pas les clés, dis-je. Vous refaites votre appartement, vous aussi ?

– Bien obligé ! soupire-t-il. Ce qui est rageant, c'est que je venais de changer tout le salon ! Tu peux entrer, tu sais, il n'y a plus de danger.

Il y a des ouvriers à l'intérieur. Ils sont en train de lessiver les murs. Je renifle. Ça sent les produits d'entretien mais il y a encore cette odeur qui donne envie de tousser. La porte de la loge est ouverte.

– Mme Granier!

Je suis super contente de retrouver ma gardienne. Je me jette à son cou pour l'embrasser.

– Ma petite chérie! Et comment va Démétrios?

– Très bien. Il est resté à l'hôtel pour faire la sieste. Mais il y a une dame et sa fille avec lui. Je ne l'ai pas abandonné! On s'ennuie grave toute la journée. J'ai hâte de rentrer à la maison!

Tout d'un coup, j'aperçois les cartons et les valises.

– Vous… vous faites du rangement?

Mme Granier soupire et s'assoit.

– Ben… Cette histoire d'incendie, ça m'a décidée… Il y a un moment que je pense à prendre ma retraite. Tu sais que j'ai une sœur qui vit à la campagne. Elle est veuve comme moi et ses enfants sont grands maintenant. Alors elle voudrait bien que je vienne vivre avec elle.

M. Valois est toujours là et il écoute notre conversation.

– Il y a ces imbéciles du deuxième qui voudraient qu'on supprime la loge, dit-il. Mais je ne suis pas d'accord. Heureusement, ton père et les Duplassier non plus. Encore faut-il trouver quelqu'un de bien… Ça ne va pas être facile de vous remplacer, Mme Granier!

M. Valois est journaliste et il y a tout le temps des coursiers qui lui apportent des trucs urgents. Comme il n'est pas toujours là, c'est important pour lui qu'il y ait une gardienne pour réceptionner les paquets.

– Vous allez vraiment partir? dis-je, des larmes dans la voix.

– Ah, je vais vous regretter, c'est sûr! répond Mme Granier. Mais, que veux-tu? Je ne suis plus toute jeune et l'entretien des escaliers, ça me fatigue…

– Allez, fait M. Valois, faut que j'aille surveiller mes travaux. Ces ouvriers, si on n'est pas sur leur dos, ils font n'importe quoi ! Quand ils font quelque chose...

Je reste encore un petit moment avec Mme Granier. Je lui demande des nouvelles de ses canaris. Ils sont à la campagne. Je regarde la loge. C'est l'endroit le moins abîmé de l'immeuble. Il y a un salon avec un coin-cuisine et une petite chambre-salle de bains derrière. Ce n'est pas grand mais j'ai toujours adoré être là. Sans doute parce que j'adore Mme Granier. J'ai de la peine. Je déteste ce maudit incendie. C'est de sa faute si elle s'en va !

Mme Granier m'assure qu'elle viendra souvent nous rendre visite. Elle cherche à me consoler mais je suis d'accord avec M. Valois. Ça va être dur de la remplacer !

*
* *

Je m'en retourne à pas lents vers l'hôtel. Le ciel est à l'image de mon cœur. Lourd et triste. Les gouttes de pluie se mélangent à mes larmes. J'ai vraiment pas le moral. Ça ne m'amuse même pas de rentrer par la sortie de secours. Mais il faut que je passe par là où Mlle Carrière va se poser des questions.

J'écoute les bruits à travers ma porte. J'entends Démétrios qui chante *Une souris verte qui courait dans l'herbe.* Avec lui, ça donne: « u-neu ou-iii ê'teu qui ou-ait dans l'hé-beu ». Il ne connaît que cette phrase et il la répète en boucle.

C'est assez éprouvant pour les nerfs. J'espère pour Mme Théron qu'il n'est pas réveillé depuis longtemps.

J'essuie mes joues. Je ne veux pas qu'on voie que j'ai pleuré.

– C'est moi! Je n'ai pas été trop longue?

Anne est assise avec sa fille sur mon lit. Elle lui fait des nattes.

– On rentre à la maison? demande Mélodie.

– Non. Pas déjà...

– Veux mon papa ! beugle Mélodie.

Comment peut-elle vouloir son père alors qu'elle dit elle-même qu'il est méchant ? Anne me lance un regard désespéré.

– Eh ! T'es en vacances ! dis-je. Tu verras, demain, s'il ne pleut plus... je t'emmène au jardin avec Dem. Ou au cinéma. T'aimes les dessins animés ?

Mélodie a l'air tenté. Anne la prend par la main. Démétrios les suit dans le couloir. Je reste un peu en retrait. Anne se retourne vers moi. Je lui promets de m'occuper de Mélodie pendant qu'elle sera chez l'avocat.

– T'es vraiment gentille... murmure Anne.

– Oh, c'est rien ! Et pis, ça fait plaisir à Dem !

Je la joue modeste mais je n'en pense pas moins. Je suis une fille géniale, c'est un fait. Évidemment, Démétrios ne veut pas se séparer de Mélodie. Je suis sauvée par le gong. M. Kragujnic vient d'apparaître en haut de l'escalier. Un sourire éclaire aussitôt son visage marqué. Dem se précipite dans ses bras. Anne me fait un petit signe de la main avant d'entrer dans sa chambre. Je crois qu'elle a besoin de faire le point, de réfléchir.

– Vous avez fait la queue ? dis-je.

– Pour changer ! s'exclame M. Kragujnic. Mais cette fois, j'ai obtenu quelque chose. Mes papiers. Ça ne fait jamais que six mois que je les attends ! Maintenant, j'ai le droit de travailler. Enfin, j'ai le droit de chercher du travail…

– Vous pouvez être professeur à nouveau ?

Zoltan a un petit haussement d'épaules. Il nous invite à venir chez lui. Démétrios allume la télé et s'installe tout naturellement sur les genoux de Zoltan.

– Non, je ne peux pas, répond-il. Mes diplômes ne sont pas valables en France. Même mon métier, je l'ai perdu.

Je ne peux pas m'empêcher de regarder la photo au ruban noir.

– J'ai tout perdu... Tout ce qui était important.

Je voudrais trouver les mots qui apaisent. Mais il n'y a qu'une espèce de gargouillis qui sort de ma gorge.

– Joltan, pas pleurer, dit Démétrios.

– Non, répond Zoltan. Je ne pleure pas. Je ne sais plus pleurer.

– Mais vous avez encore votre sœur ! dis-je. Vous n'êtes pas tout seul !

– Nous sommes seuls tous les deux, côte à côte. On respire, on mange, on dort... On pense : il faut que je tienne jusqu'à midi, jusqu'à ce soir, que je passe la nuit... On recommence inlassablement. C'est comme ça depuis des mois. Depuis ce jour...

M. Kragujnic était parti chercher des provisions. La Croix-Rouge était venue avec des camions. Une goutte d'espoir dans un océan de larmes. Zoltan avait dit à sa femme de ne pas sortir, de rester à l'abri avec les enfants. Il y avait tellement de monde autour des camions. Les gens se battaient pour un morceau de savon, une boîte de haricots. Zoltan était content : il avait réussi à arracher un paquet de riz. Arracher aux mains de quelqu'un d'autre. Sans aucun remords. En revenant, il a entendu le tir de mortier, les explosions. La suite, c'était comme un rêve dont il n'arrive toujours pas à se réveiller. « Surtout, ne sors pas… » Des bombes étaient tombées sur sa maison. Sa sœur venait de quitter son appartement pour faire le plein d'eau potable. Son mari, la famille de Zoltan, tous les habitants de l'immeuble sont morts en quelques minutes.

– La seule chose qui me venait à l'esprit en regardant les ruines, c'est « pourquoi, pourquoi ? » Pourquoi étions-nous vivants et pas eux ? Ma sœur avait survécu par miracle. Mais c'est le genre de miracle dont on ne veut pas. Je suis resté des heures à fouiller les décombres, même bien après qu'on a eu retiré les corps… Pour rien, juste pour faire quelque chose.

Quelqu'un, je ne sais même pas qui, est venu vers moi. Il avait trouvé mon album de photos. C'était étrange. J'ai pensé que cela avait une signification. Un signe du destin. Que cela voulait dire que je devais vivre pour honorer le souvenir des morts et pour parler. Il y a un proverbe irlandais qui dit: *«Dans toutes les catastrophes, il y a toujours un survivant pour raconter l'histoire.»* Cette fois-ci, c'est à mon tour de témoigner. Il ne faut jamais oublier.

– Mais on oublie toujours! dis-je. Et on recommence les mêmes horreurs!

– Peut-être qu'un jour, cela sera différent. Il faut garder espoir.

J'ignore comment M. Kragujnic peut encore espérer. Et espérer quoi, de toute façon?

Pourquoi les hommes sont-ils comme ça? Comme le père de Mélodie? Comme ceux qui font la guerre? Mais qu'est-ce qu'ils ont dans la tête?

Pourquoi? Pourquoi?

VI
Limites

Ça ne va pas fort. Je n'arrive pas à penser à autre chose qu'à cette photo au ruban noir. Deux petits garçons qui sourient. Alors, là tout de suite, les histoires de papa à propos de la couleur du papier peint, ça me paraît d'un dérisoire !

– Tu es bien silencieuse, Athénaïs, remarque maman.

– Faut croire que j'ai rien à dire.

– Tu boudes ? demande papa.

C'est trop. J'explose. Je déballe tout ce que j'ai sur le cœur. Les pères qui frappent leurs enfants, les guerres qui déciment les familles, les gens qui n'ont plus rien pour vivre !

– Comme si on n'avait pas assez de problèmes avec les incendies, les termites et les accidents ! C'est utile d'en rajouter ? Et, en plus, Mme Granier s'en va !

Papa et maman me regardent, abasourdis. Maintenant, j'ai envie de pleurer. J'en ai marre, mais marre !

– Tu as pris un coup de vieux, cette semaine, constate papa. Bienvenue dans le monde des adultes !

– C'est malin... Est-ce qu'on ne peut pas faire quelque chose de bien, pour changer ?

– Comme quoi ? demande maman.

– Chais pas. Aider Mme Théron, par exemple.

– Ma pauvre chérie ! s'exclame papa. Je suis désolé pour cette dame et sa petite fille mais ça ne nous concerne pas !

– Voilà, c'est ça ! Laissons les autres dans leur mélasse et surtout ne faisons rien !

– Ce n'est pas ce que je voulais dire, répond papa. Simplement que chacun doit mener sa barque, faire ses choix, assumer ses erreurs. C'est la réalité, même si cela te paraît injuste. Bien sûr, on peut rendre service, être à l'écoute, donner un coup de pouce ou une pièce de monnaie... Mais on ne peut pas vivre la vie des gens à leur place !

– Que veux-tu que nous fassions pour Mme Théron ? demande maman.

– J'en sais rien ! C'est vous, les grandes personnes ! Trouvez une solution !

– On peut peut-être aller lui parler ? propose maman.

Papa proteste car il est presque onze heures. Il est trop tard. Il se défile, c'est clair ! Je suis tellement furieuse, déçue, que je me lève de table. Je préfère aller me coucher.

– Athénaïs ! appelle papa. Reviens ici ! Je n'apprécie pas beaucoup cette façon de partir sans nous dire bonsoir !

– Bonsoir ! Et faites de beaux rêves !

Je claque la porte derrière moi. Je m'assois sur mon lit et je regarde Démétrios endormi.

Y a que lui que j'aime ! La porte s'ouvre. Je m'y attendais. C'est maman qui entre. Elle s'installe à côté de moi.

– Je crois qu'il t'est arrivé trop de choses perturbantes, ces derniers jours, dit-elle. Et ça me perturbe aussi ! Quand on est parent, on veut protéger ses enfants, leur épargner les soucis et les malheurs. Mais, pour ça, il faudrait vous enfermer dans une cage ! Et ça ne vous aiderait pas à grandir. Je suis heureuse que tu te préoccupes des autres mais il ne faut pas que cela t'affecte autant. Parce que, tu vois, ça n'aide personne. Ni toi, ni eux.

– On fait comment, alors ?

– Comme on peut ! Avec un peu de patience et de sérénité, on surmonte bien des obstacles. À chaque jour suffit sa peine, dirait ta grand-mère. Encore faut-il savoir quelles sont ses limites et ne pas aller au-delà.

– C'est pas ce que nous enseigne mon prof de gym ! Il faut toujours se surpasser !

– Je crois que cela signifie : ne pas se contenter de ce que l'on sait déjà faire mais être plus exigeant vis-à-vis de soi-même. Trouver où sont les limites, justement. Athénaïs, tu as le temps devant toi, tu n'as que onze ans !

– Et demi…

Maman me serre sur son cœur. Je renifle. Elle me promet d'aller voir Mme Théron demain en revenant du travail. Elle va même essayer de rentrer un peu plus tôt. Je me sens très fatiguée. Ce n'est pas cette nuit que je vais inaugurer ma lampe de poche toute neuve. Mes limites, je viens de les trouver. J'ai besoin de dormir !

*
* *

Démétrios fait des galipettes sur son lit. Il est encore tôt. Je n'ai envie de rien. Je suis envahie par une espèce de torpeur, d'ennui, de flemme… La tuyauterie gargouille. L'assassin de la 24 doit prendre sa douche. Dem réclame son petit déj'. Je crois que je vais rester sobre : pas de saucisson avec des rondelles de banane, ce matin. Juste un peu de céréales.

– Voir Mélodiiie ! crie Démétrios pour m'obliger à me lever.

Je me traîne jusqu'au coin-cuisine. Mme Théron a rendez-vous chez son avocat à dix heures. Pas la peine de se presser. Démétrios s'amuse à écraser les corn flakes dans le lait. Une fois qu'il a bien tout réduit en bouillie, il ne veut pas manger. Ça m'est complètement égal. Tant pis pour lui s'il crève de faim jusqu'au déjeuner. Et, bien sûr, il pleut !

Démétrios tape sur la porte pour sortir. Il a hâte de retrouver sa copine. Mais je ne vais pas y aller en pyjama. Il va devoir attendre. Dem s'est habillé tout seul. Il a mis son pull à l'envers et inversé ses baskets. Je remets de l'ordre dans ses vêtements. Ça y est, on est prêts.

Dem court dans le couloir jusqu'à la chambre de Mélodie. Il frappe en criant :

– Sévice d'étage !

Je ne peux pas m'empêcher de rire malgré mon humeur maussade. C'est drôle qu'il se souvienne de ça ! Mme Théron nous ouvre. Je comprends tout de suite qu'il y a quelque chose qui cloche. Les valises sont faites et Mélodie a son manteau sur le dos.

– Vous vous êtes dérangés pour rien, dit Anne. Nous rentrons chez nous.

– Mais... mais vous deviez aller chez l'avocat !

– J'ai annulé, répond-elle. Je... J'ai parlé à mon mari, hier soir. J'avais peur de sa réaction mais il le fallait. Je ne pouvais pas disparaître comme ça sans m'expliquer avec lui. C'était de la lâcheté. Alors, j'ai pris mon courage à deux mains et je lui ai téléphoné. Ça s'est très bien passé. Il ne s'est pas fâché. Il m'a dit que tout était de sa faute. Il m'a promis d'arrêter de boire.

Et elle l'a cru. Son mari a pris sa journée et il l'attend. Il paraît même qu'il s'est engagé à aller voir un psychologue. Cette fois, il est décidé. Mme Théron répète plusieurs fois de suite que ça va s'arranger. Qui cherche-t-elle à convaincre ? Moi ou elle ?

Démétrios fait des bisous à Mélodie. Je n'ai pas le cœur de dire à Mme Théron que je ne crois pas que ça va s'arranger si facilement. Mais, après tout, qu'est-ce que j'en sais ?

– Bonne chance... dis-je. J'espère vraiment que vous avez raison.

Anne serre mon épaule et hoche la tête.

– Merci d'avoir été là... murmure-t-elle. Tu m'as été d'un grand secours, je t'assure.

Et toc ! J'ai envie de pleurer ! Je baisse les yeux. Dem vient de comprendre que Mélodie s'en va. Il se met à geindre.

– Veux jouer avec fiiiiiiiiille !

– Arrête, Dem ! Viens, on va les accompagner jusqu'à la rue. On leur fera des signes d'au revoir. D'accord ?

Non, il n'est pas d'accord. Mais il n'y peut rien, pas plus que moi. Mlle Carrière est derrière son comptoir. Elle prépare la note de Mme Théron. Démétrios s'accroche au manteau de Mélodie et j'ai un mal fou à l'en séparer. Il braille sur le trottoir, sous la pluie. Mélodie se retourne et agite la main.

– Au revoir! dit Mme Théron.

– Pas revoir! crie Dem, en trépignant.

Je le laisse hurler. Il a besoin d'évacuer son chagrin. Quand Mme Théron et Mélodie disparaissent au coin de la rue, Démétrios se tait. Il a le hoquet. Il me regarde tristement.

– Ouais, c'est pas marrant, dis-je. Mais tu en rencontreras des tas d'autres, de filles!

Démétrios va noyer son désespoir dans la soucoupe de bonbons. Je discute un peu avec Mlle Carrière, histoire de passer le temps. Mlle Dubon descend l'escalier. Je ne l'avais pas encore vue de près. Elle est vieille et moche, sèche comme un bout de bois. La patronne la salue, assez froidement. C'est à peine si

Mlle Dubon lui répond en continuant vers la porte. L'odeur de la crème bon marché parvient à mes narines. J'éternue brusquement. Démétrios ne se donne pas le mal de la séduire, celle-là. Il se contente de l'observer, le nez plissé.

– Ça pue! dit-il.

Mlle Carrière se cache derrière son magazine. Je suis sûre que Mlle Dubon a entendu Dem. Dès qu'elle n'est plus en vue, Mlle Carrière rit à gorge déployée.

– C'est trop drôle! s'exclame-t-elle. La vérité sort de la bouche des enfants, hein? J'ai toujours rêvé de pouvoir dire ça! «Ça pue!» Mais moi, je peux pas, c'est une cliente! C'te vieille peau! Je parie qu'elle est allée direct au bistrot d'en face! C'est vraiment un cas, la mère Dubon. Tu sais qu'elle me paie son mois en liquide? Jamais de chèque, jamais de carte bancaire, toujours en billets tout frais sortis de la banque! C'est pas mes oignons mais c'est quand même un peu curieux.

Moi, je trouve curieux que l'assassin de la 24 descende lentement l'escalier avec sa petite mallette. Juste après Mlle Dubon, comme par hasard... Il fait un vague signe de tête en réponse au bonjour de Mlle Carrière. Je fais comme si je ne m'intéressais pas à lui. Je ne veux pas qu'il me soupçonne de l'espionner. Mlle Carrière m'affirme que c'est un timide. Il rougit dès qu'on lui parle. Et il bégaie.

Je suis sûre que ce n'est pas de la timidité. Il n'a pas la conscience tranquille, c'est évident. Je n'ose pas demander sa fiche à Mlle Carrière. Mais ça fait un but pour ma future expédition nocturne. J'ai lu celle de Mme Théron. En plus du nom, il y a l'adresse. C'est vachement important comme information.

*
* *

Puisque avec ce temps pourri, on ne peut pas aller au jardin, Dem et moi sommes allés au cinoche. Je voulais voir un film de karaté mais Démétrios a tout de suite repéré l'affiche d'un vieux dessin animé ressorti à l'occasion des vacances. *Le Roi et l'oiseau.* Je me suis endormie à force de m'ennuyer. Enfin, Dem avait l'air content.

Maman a tenu parole. Elle est rentrée plus tôt. Mais trop tard...

– Que veux-tu ! dit-elle en épluchant les carottes. Mme Théron a pris une décision, ce n'est pas à nous de critiquer.

– Je pense quand même qu'elle a tort. Tu ferais quoi, toi, si papa nous tapait dessus ?

– J'ai une meilleure droite que lui, répond maman.

– Je suis sérieuse !

– Ma situation n'a rien de comparable. D'abord, moi, j'ai un métier. Tu sais, ça change beaucoup de choses quand on est indépendant financièrement. C'est pour ça qu'il faut faire de bonnes études. Pour le moment, le collège, c'est facile pour toi. Mais il faudrait que tu travailles un peu plus si tu ne veux pas être larguée dans les années à venir.

Ils sont insensés les parents! Ils ramènent toujours tout à l'école!

– Eh! Ce n'est pas de ça qu'on parlait!

– D'accord, d'accord! Si tu veux vraiment savoir, jamais je ne supporterais un mari alcoolique et violent! Ça ne risque pas d'arriver, ton père est malade dès qu'il a bu deux verres de vin!

– C'est pas comme toi! dis-je en rigolant.

– Sûr. Pour en revenir à Mme Théron, il y a une chose dont tu n'as pas tenu compte… C'est l'amour. On accepte parfois l'inacceptable quand on aime. Et, fort heureusement, l'amour peut aussi vous donner le courage de changer. Espérons que cela sera le cas pour M. Théron.

Moi, j'y crois pas. Maman prétend que je ne peux pas comprendre parce que je n'ai encore jamais été amoureuse. Quand elle a rencontré mon père, elle avait les cheveux coupés très courts. Le premier truc qu'il lui a dit, c'est qu'il détestait les filles qui ressemblent à des garçons ! Elle l'a plutôt mal pris... Ensuite elle s'est laissée pousser les cheveux !

– On est prêts à faire des concessions quand on aime, continue maman. Et, quelquefois, on peut changer complètement sa manière de vivre. Pense à ta grand-mère. Elle a quitté la Grèce, sa famille, ses amis, pour suivre ton grand-père en France. Alors, tu vois, tout est possible !

– Pas bon, carottes, dit Démétrios. Veux éclai au café !

– Pas ce soir, répond maman. J'ai l'impression que Dem a pris quelques mauvaises habitudes avec toi !

– C'est par amour que je le gave d'éclairs au café. Ça prouve bien qu'on fait des bêtises quand on aime ! Et, à mon avis, Mme Théron a fait une énorme bêtise en rentrant chez elle. Ce qui me déprime, c'est que je n'ai pas réussi à l'aider. Pas comme je l'aurais voulu. Ou comme j'aurais dû…

– On ne peut pas aider tout le monde, Athénaïs.

*
* *

La nuit est incroyablement silencieuse. Ma respiration me semble aussi assourdissante qu'un moteur à réaction. Je suis tapie sous le comptoir de la réception. J'ouvre le fichier clients de Mlle Carrière. Ça, c'est nous… les Kragujnic… voilà, l'assassin de la 24. M. Gaspard Laine. Marrant comme nom, ça ne lui va pas du tout. Dans un bon roman policier, il se serait appelé, hum… James Fulton ou Horst von Strauss. Il habite Nogent-le-Rotrou. Ça ne va pas non plus, c'est ridicule, ça, Nogent-le-Rotrou ! Un assassin doit venir de Philadelphie ou de Berlin ! Ou d'Argentine. C'est pas mal, l'Argentine. C'est mystérieux et très loin. Il y a beaucoup d'émigrés allemands, là-bas. Horst von Strauss, de Buenos Aires.

Qu'est-ce que c'est? Oh non! Il y a de la lumière sous la porte de Mlle Carrière! Vite, vite, éteindre la torche, ranger le fichier. Je me précipite vers l'escalier, je me prends les pieds dans le tapis, je m'étale. Vite, vite! Je gravis les premières marches à quatre pattes. Pas le temps d'atteindre l'étage. Je me tasse en boule.

La porte s'est ouverte, découpant un carré lumineux. Si Mlle Carrière allume le plafonnier de la réception, je suis cuite. Mais non, elle doit y voir suffisamment pour... prendre un paquet de bonbons dans son tiroir. Scratch, elle déchire l'emballage, swiss-swiss, elle défait le papier, chouiff-chouiff-chouiff, elle mâchonne. Et rentre dans son appartement. Avec le paquet.

Sauvée. Mais j'ai eu chaud. Je suis prise d'un fou rire nerveux que j'ai du mal à comprimer. J'ai bien failli me faire coincer en flagrant délit d'indiscrétion. Je suis tellement soulagée que j'en oublie toute prudence. Je ricane comme une bécasse en me tenant au mur, guidée par la veilleuse rouge. Il est deux heures du mat', peu de risque que je rencontre…

Que je rencontre l'assassin de la 24 qui sort de la 19!

VII

Il faut de tout pour faire un monde (comme dirait Martine)

La seule chose qui me vient à l'esprit, c'est «papa, au secours». Mais je n'arrive pas à émettre le moindre son. Il m'a vue. Il est aussi surpris que moi. Nous restons immobiles dans la lumière rouge de la veilleuse.

Et c'est là qu'on entend le claquement de la porte d'en bas.

L'assassin me fait un signe de la main et il murmure :

– Amène-toi ! C'est la vieille ! Grouille !

Je n'y comprends rien et je ne sais vraiment pas pourquoi je me précipite à sa suite vers l'escalier de secours. Il me plaque contre le mur, pose un doigt sur ses lèvres. « Chuuuut ». Il entrouvre la porte coupe-feu et risque un œil dans le couloir. La minuterie vient de s'allumer. Je regarde, moi aussi. Ça alors ! Mlle Dubon est toute pomponnée, elle avance en titubant. Elle se tort les chevilles avec ses talons aiguilles. Elle jure sourdement. Elle a un vocabulaire intéressant pour une femme de son âge. Elle farfouille dans son sac doré pour chercher sa clé. Elle la fait tomber. À nouveau, elle sort une bordée de jurons à faire pâlir le capitaine Haddock. Elle a un mal fou à se baisser avec sa robe longue trop ajustée. Enfin, elle y parvient et disparaît dans sa chambre.

Et je me retrouve face à face avec l'assassin. M. Gaspard Laine de Nogent-le-Rotrou.

– On l'a échappé belle ! dit-il. Heureusement qu'elle est complètement soûle !

– Mais..., mais que faisiez-vous chez elle ?

– Et toi ? Qu'est-ce que tu faisais dans le couloir à une heure pareille ?

– J'ai demandé d'abord!

C'est drôle parce que je n'ai pas peur du tout, maintenant.

– T'as pas sommeil? Alors, viens, je vais t'expliquer.

Je monte avec lui par l'escalier de secours. Je suis en train de faire quelque chose qu'IL NE FAUT ABSOLUMENT PAS FAIRE. Je vais dans une chambre d'hôtel avec un type qui porte des robes à fleurs, que je ne connais pas et qui, en plus, pourrait bien être un assassin!

Il ouvre sa porte et allume. Et moi, j'entre! Il s'assoit sur son lit et me regarde en souriant.

– Tu t'appelles comment?

– Athénaïs, monsieur. M. Gaspard Laine!

La surprise le rend muet, alors j'en rajoute.

– Habite à Nogent-le-Rotrou, sort par l'issue de secours déguisé en bonne femme, suit Mlle Dubon, affublé d'une fausse barbe et de lunettes et cache un revolver dans sa mallette !

– Hein ? Je n'ai pas de revolver !

– Si, je l'ai vu !

Il hoche la tête et ouvre sa mallette qui traîne par terre. Une paire de jumelles.

– C'est ça que tu as vu, dit-il. Mais comment en sais-tu autant sur moi ?

– Parce que je m'ennuie… Je vous ai espionné ! C'est pour ça que j'étais dans le couloir, cette nuit. Je suis allée fouiller dans le fichier de Mlle Carrière.

Gaspard Laine éclate de rire.

– Eh ben ! Si j'avais su ça plus tôt, je t'aurais engagée comme assistante !

– Assistante de quoi ?

– Je suis détective privé, Mlle Athénaïs !

Je suis à mon tour clouée par la stupeur. Un détective privé ! Gaspard attrape une bouteille de gin et un verre sur sa table de nuit.

– J'ai besoin d'un petit remontant… C'était moins une avec la vieille ! Pourtant, d'ordinaire, elle ne rentre pas avant quatre ou cinq heures du mat'.

– Faux! dis-je. Lundi soir, elle est revenue vers minuit et demie, et vous juste après!

– Tu passes ta vie dans le couloir? Tu as raison et tort à la fois. Mlle Dubon est réglée comme du papier à musique. Le lundi et le jeudi, elle va au restaurant chinois puis va boire au *Bar des Amis*. Son cocktail préféré: Tequila Sunrise. Elle est capable d'en absorber une quantité à tuer un régiment de parachutistes. Mardi et vendredi, choucroute et un tour à *La Taverne Irlandaise*. Mercredi et samedi, elle dîne *Chez Marcel* et file au cercle de jeu de l'avenue Wagram. C'est un club privé. Normalement, elle joue jusqu'à très tard... J'imagine qu'elle ne devait pas être en veine, ce soir. Si tu veux du gin, va prendre un verre dans la salle de bains.

Ça, c'est trop génial! Je vais chercher le verre et il me verse du gin. Pas beaucoup mais quand même! Je goûte prudemment. Ça me brûle la langue. C'est tellement fort que les larmes me montent aux yeux. J'adore!

– Mais pourquoi vous l'espionnez?

– Je fais mon boulot. La vieille Mlle Dubon qui semble si peu intéressante et qui, *by the way*, s'appelle en réalité Carmen Ortiz, est un escroc de haut vol. Sa spécialité: les tables de jeux. Et mon client, c'est le casino de Deauville. Tu vois, c'est très important pour les casinos que ce genre d'affaires ne s'ébruitent pas. Ils font d'abord appel aux détectives de leurs assureurs parce que la police n'est pas très discrète… C'est ce qui s'est passé à Deauville. Seulement, au bout de quatre ans, les détectives n'avaient toujours pas retrouvé Carmen Ortiz! Alors, ils m'ont appelé, moi…

En fait, c'est assez compliqué comme histoire. Mlle Dubon, alias Carmen Ortiz, n'est pas une voleuse à proprement parler. C'est plutôt une tricheuse. Elle se rend dans les casinos pour jouer aux cartes, au poker par exemple. Et elle triche. C'est très difficile de coincer ce genre de tricheurs parce qu'ils sont très très forts. Et puis, Mlle Dubon est aussi maligne. Elle se déguise pour ne pas être reconnue et jamais elle ne reste longtemps au même endroit. Dès qu'elle est repérée parce qu'elle gagne un peu trop souvent, elle s'en va ! Impossible de prouver quoi que ce soit. Mais, à Deauville, elle a commis une grave erreur. Elle n'a pas pu résister à l'attrait du black jack. C'est un jeu très différent du poker parce qu'on joue contre la banque, c'est-à-dire le casino lui-même, et non pas contre d'autres joueurs. Et, évidemment, elle a triché. Dès que le croupier qui donnait les cartes s'est aperçu que quelque chose clochait, il a appuyé sur sa sonnette. Il y a des espèces de flics en civil pour surveiller les clients. Mlle Dubon a compris qu'elle allait être prise sur le fait. D'autant qu'il y a des caméras partout dans les casinos. La suite de l'histoire, c'est mieux qu'un polar ! Elle a ramassé tous ses jetons et elle est partie en courant en bousculant les gens, en renversant les chaises… et elle s'est enfuie par la sortie de secours derrière le bar ! Et ils ne l'ont pas rattrapée ! Seulement voilà… Mlle Dubon avait gagné une fortune au black jack… en jetons ! Impossible pour elle de retourner au casino pour échanger ses jetons contre de l'argent. Alors, elle s'est trouvé un complice. Il a changé les jetons pour elle, en plusieurs fois pour ne pas éveiller les soupçons. Ni vu, ni connu… Sauf que Gaspard l'a découvert. Après, c'est devenu plus difficile. Gaspard ne savait pas où était passée Mlle Dubon. Il a passé des mois à hanter tous les casinos et les cercles privés. Il pense que, pendant un temps, Mlle Dubon est restée planquée à l'Hôtel Central. Et puis, la passion du jeu l'a reprise. Et il l'a retrouvée avenue de Wagram.

– Et elle triche, là aussi ?

– Non ! Elle s'est retirée des affaires, si j'ose dire… Et ça ne m'arrange pas. J'espérais pouvoir la coincer en flagrant délit. Elle doit estimer que sa « retraite » est assez confortable. Après avoir écumé tous les casinos de la Côte d'Azur à Deauville !

– Et son argent, il est dans un coffre à la banque au coin de la rue ! dis-je. Et c'est pour ça qu'elle paie toujours son loyer en liquide !

– Bien vu ! acquiesce Gaspard.

Il me ressert du gin. Je ne lui fais pas remarquer. Je suis trop heureuse qu'il me traite comme une grande personne !

– Pourquoi vous étiez dans sa chambre ?

– Ben, j'ai tenté le coup... Ces serrures d'hôtel, c'est du gâteau à ouvrir ! Mais je n'ai rien trouvé d'intéressant ni de compromettant. Sacrée vieille, hein ?

– Et maintenant, qu'est-ce que vous allez faire ?

Gaspard n'a pas réussi à la prendre sur le fait, avenue de Wagram. Alors, il n'a plus d'autres solutions que de faire son rapport au casino de Deauville, dès demain matin. Après, ça ne le concerne plus. Le casino va porter plainte et faire aussitôt arrêter Mlle Dubon-Ortiz par la police. Comme elle a été filmée et qu'il y a des témoins, il y a des chances qu'elle soit condamnée.

– C'était bien la peine de gagner tant d'argent !

– Ben quand on fait quelque chose d'illégal, on prend le risque de finir en prison ! répond Gaspard.

– Non, ce n'est pas ce que je veux dire ! Regardez où elle vit. À l'Hôtel Central dans une chambre nulle… avec soirée choucroute le vendredi ! Moi, à sa place, j'aurais filé droit aux Bahamas, dans un palace quatre étoiles !

Gaspard s'étrangle de rire en avalant son gin.

– Eh oui ! On peut être riche et avoir un esprit de petit épargnant ! Suffit de voir les gagnants au loto. Ils ne changent rien à leur façon de vivre et préfèrent rester dans leur pavillon de banlieue!

– Elle joue au loto. Mlle Dubon.

– Ça prouve qu'elle reste une petite vieille insignifiante avec le talent d'une grande tricheuse! C'est presque du gâchis!

Je bâille. Oh là là! Presque quatre heures! Je vais être fraîche, demain matin. Gaspard me propose de me raccompagner jusqu'à ma porte. J'accepte parce que j'ai un peu le tournis... Nous descendons à la lueur de ma torche. Tout est silencieux à mon étage.

– Merci, dis-je à voix basse. J'ai passé un super moment!

– Moi aussi, répond Gaspard. En tout cas, si tu décides de devenir détective plus tard, fais-moi signe. Tu as toutes les qualités requises!

Ça me fait vachement plaisir. Il me serre la main.

– Salut, collègue!

Il repart vers l'escalier de secours. Je le rattrape.

– Eh, vous savez quoi ? Quand elle sera en prison, Mlle Dubon va devoir commander ses pots de crème-qui-pue par correspondance !

– Au moins, elle sera sûre d'avoir une cellule pour elle toute seule !

J'ai beaucoup de mal à retenir mon fou rire en rentrant dans ma chambre. Ah, que c'est bon, un lit !

*
* *

Ma tête plonge inexorablement vers mon bol de chocolat tiède. Je vais devoir scotcher mes paupières pour qu'elles restent ouvertes. Démétrios a compris que ce n'était pas la peine de me secouer. Il a allumé la télé.

Toc, toc. Oh flûte, c'est Martine avec son aspirateur bruyant.

– Salut, les petits clous ! Incroyable mais vrai, il ne pleut pas ! Vous allez au jardin ?

– OUIIII ! crie Démétrios.

Oh non ! Elle n'aurait pas pu se taire ? Maintenant, Dem va faire tout un cirque jusqu'à ce que je cède. Il y a peut-être une séance à midi au cinoche. Si je pouvais convaincre Dem de revoir *Le Roi et l'oiseau*, je pourrais faire une sieste tranquille.

– T'as pas l'air dans ton assiette, ma grande ! Mal dormi ?

J'ai dormi comme un loir. Trois heures. Démétrios est carrément allé chercher son blouson et ses chaussures.

– J'ai pas fini mon petit déj', dis-je en regardant mon chocolat presque froid.

– D'accord, répond-il.

Il s'assoit à côté de moi et attend. Je trempe mes lèvres dans le bol pour faire semblant.

– Fini ? demande Dem.

– Non ! J'ai rien mangé, encore !

Tu parles si j'ai faim ! Je plonge la main dans le paquet de céréales et je grignote. Martine s'active en faisant le lit de mes parents.

– Faut pas que je traîne trop, dit-elle.

Bonne nouvelle. Je ne suis pas d'attaque à supporter ses bavardages.

– Faut que je fasse la 24 en grand. Le client a libéré sa chambre, ce matin.

Ah ? Gaspard est déjà parti ? Je suis déçue. J'espérais qu'il allait rester encore un peu. On aurait pu s'associer pour surveiller Mlle Dubon. Oh mais alors ! Ça signifie qu'il a fait son rapport au casino de Deauville. La police va sûrement débarquer ! Il faut à tout prix que je sois là ! Pas question d'aller au jardin ! Comment faire ? Je ne peux pas expliquer à Démétrios, il ne comprendrait pas. Et pour ne rien perdre du spectacle, il faudrait que j'établisse mon poste d'observation dans le hall. Et pour combien de temps ? Rien ne prouve que les flics vont arriver tout de suite.

– Est-ce que Mlle Dubon est sortie ?

Martine se retourne, surprise.

– Pourquoi tu me demandes ça ?

– Heu... Je voulais voir les chats en cristal, encore une fois.

– Ah oui… Moi aussi, je trouve qu'ils sont superbes !

Sans commentaire. Martine me certifie que Mlle Dubon est toujours dans sa chambre. Elle ne va jamais au bistrot avant dix heures. Elle a quand même une sacrée santé, la vieille ! Elle fait la fête en buvant de la Tequila Sunrise toute la nuit et elle commence sa journée au vin blanc ! J'espère qu'elle en a bien profité. Ça m'étonnerait qu'elle ait droit à ce régime-là en prison.

Démétrios en a marre de m'attendre. Il enfile ses baskets tout seul. Pour une fois, il a mis le bon pied dans la bonne chaussure. Je lui fais des compliments même si ce n'est qu'un coup de chance.

On frappe à notre porte et j'entends la voix sourde et haletante de Mlle Carrière qui appelle Martine. Démétrios se précipite pour ouvrir le premier. Le visage rouge de la patronne apparaît. Elle est essoufflée. Elle ne doit pas souvent monter l'escalier !

– Martine, il me faut le passe ! Vite !

Elle s'essuie le front avec son mouchoir puis s'évente avec.

– Ah, je vais me trouver mal ! Vous n'allez pas me croire, la police est ici ! Le passe, Martine, je n'ai pas envie qu'y me cassent tout !

Je me lève d'un bond. Je suis tout à fait réveillée, brusquement !

– La po... police ? répète Martine. C'est pas pour les Kragujnic, quand même ?

Mlle Carrière n'a pas l'occasion de lui répondre. Une escouade de policiers en uniforme déboule dans le couloir. Martine fouille son tablier à la recherche du passe.

– Quelle chambre ? demande le seul policier qui est en costume-cravate.

– La 19, monsieur. M. l'inspecteur.

Je vais pour sortir mais l'inspecteur m'arrête.

– Non, non, les enfants. Restez là. Vous aussi, mesdames. Il peut y avoir du grabuge.

– C'est une vieille femme ! proteste Mlle Carrière. Qu'est-ce que vous imaginez, qu'elle va vous recevoir avec un bazooka ?

L'inspecteur hausse les épaules en prenant le passe. Il fait signe aux agents et les voilà qui s'avancent vers la chambre 19, la main sur leur arme ! Malgré les consignes de l'inspecteur, on sort pour regarder. Je retiens Démétrios par le bras. Je préfère être prudente. L'inspecteur cogne sur la porte en criant « police, ouvrez ! » En fait, il n'attend pas et glisse le passe dans la serrure. Aussitôt, tous les policiers se ruent dans la chambre. On entend des hurlements stridents. J'espère pour les policiers que Mlle Dubon n'est pas toute nue, ça doit être une vision d'horreur. Il y a beaucoup de bruit mais je distingue clairement le « Carmen Ortiz, vous êtes en état d'arrestation ! ».

– Mais ils se trompent de personne ! dit Martine.

– Non, non ! répond Mlle Carrière. Dubon, c'est un faux nom ! Vous vous rendez compte ? Ça fait des années que j'héberge une voleuse dans mon hôtel ! C'est inouï !

Les voilà qui réapparaissent. Mlle Dubon-Ortiz est habillée (ouf!), elle est menottée et encadrée par deux policiers. Elle roule des yeux furibonds et elle vomit des insultes très colorées. Les agents doivent la traîner parce qu'elle résiste en donnant des coups de pied, la vieille vache ! On s'écarte un peu pour laisser le passage. L'inspecteur s'arrête devant la patronne.

– Désolé pour le dérangement. Mes agents vont encore rester un petit moment pour fouiller la chambre.

– Ça sert à rien, dis-je. L'argent est planqué dans un coffre à la banque !

Tout le monde me regarde. J'aurais mieux fait de me taire.

– Comment tu sais ça, toi ? me demande l'inspecteur.

– Heu… Ben parce que je l'ai vue, l'autre jour !

– Pan, pan! s'exclame Démétrios, l'air ravi. Pan, pan!

Martine se met à rire et Mlle Carrière caresse la joue de mon frère en l'appelant « ce petit trésor! ». Je suis heureuse de la diversion. L'inspecteur suit les policiers qui emmènent Mlle Dubon-Ortiz. Après toute cette agitation, le couloir est bien silencieux tout d'un coup.

– Il reste du café, dis-je. Vous en voulez, Mlle Carrière?

– Ben, c'est pas de refus! répond-elle. Avec toutes ces émotions, je suis toute chamboulée!

– J'espère qu'ils ne vont pas me mettre le bazar, grommelle Martine. Pa'ce que c'est qui, qui va tout nettoyer, hein?

Mlle Carrière s'effondre sur une chaise. Je réchauffe le café préparé par mes parents. Martine s'assoit aussi. La patronne commence à nous raconter l'arrivée en masse de la police.

– Vous voyez le tableau ? Je tiens un établissement respectable, moi ! Qu'est-ce que vont penser les gens ? Je les connais, les commerçants du coin ! Les premiers à médire sur votre compte ! Ça va me faire une de ces réputations ! Déjà que les affaires ne sont pas bonnes, en ce moment ! Et en plus, ça me fait une cliente en moins.

Martine sert le café. Mlle Carrière semble soudain s'apercevoir de sa présence.

– Eh ben, ma fille ? Vous croyez que le ménage va se faire tout seul ?

– Oh, s'il vous plaît, mademoiselle ! dis-je. Martine peut bien boire une tasse pour se remettre, elle aussi !

– Ouais bon d'accord. Mais ne lambinez pas exprès, Martine !

Martine me lance un regard reconnaissant. J'ai un peu pitié d'elle. Mlle Carrière ne doit pas être marrante tous les jours. Pour l'amadouer, je sors un paquet de biscuits. Il ne lui faut pas beaucoup de temps pour le finir.

– Y paraît que Mlle Dubon ou truc-machin… Ortiz, c'est une professionnelle. Elle vole la caisse des casinos !

– Les supermarchés ? demande Martine.

– Mais non, ma fille ! Les casinos où l'on joue à la roulette !

Je n'explique pas à Mlle Carrière qu'elle fait erreur. Mlle Ortiz est une tricheuse. Ce n'est pas la même chose que de cambrioler même si c'est aussi mal. Évidemment je ne peux rien dire sans parler de Gaspard et de… toutes mes bêtises ! Mais j'ai hâte de retourner au collège pour raconter tout ça à Claire et à Farida !

L'excitation passée, Démétrios me réclame le jardin. Je suis de si bonne humeur que même l'idée de me geler sur un banc ne parvient pas à me déprimer. Et puis, je n'ai pas très envie d'entendre Mlle Carrière rabâcher son histoire encore et encore.

VIII

La vie continue

Je contemple Démétrios endormi, un sourire sur les lèvres. Papa entre et me regarde tendrement. J'ai le meilleur de tous les papas.

– On y va? demande-t-il doucement.

J'acquiesce. Je glisse ma main dans la sienne et nous sortons tous les deux. Nous traversons le couloir. Je frappe à la porte d'en face. C'est une dame qui nous ouvre. C'est la toute première fois que je rencontre Mlle Kragujnic. Elle ressemble beaucoup à son frère, elle a ce même regard triste et doux.

– Ce qui c'est? dit-elle avec un accent à couper au couteau.

Papa me pousse en avant. C'est à moi de répondre.

– Désolée de vous déranger à cette heure mais… Zoltan ?

Zoltan vient de surgir derrière sa sœur.

– Athénaïs ! J'espère que tout va bien ?

– Oui, Zoltan. C'est mon papa. Et… voilà, j'ai pensé…

Je respire profondément puis je me lance :

– Est-ce que vous voulez être le gardien de notre immeuble ? Oh, ça ne paie pas beaucoup mais il y a la loge… C'est, heu, pas très grand. Enfin, c'est plus grand qu'ici quand même ! Évidemment, avec l'incendie, ça sent la fumée. Il faudra repeindre mais c'est les propriétaires qui vont payer ! Hein, papa ?

– Bien sûr, dit papa. Athénaïs et Démétrios ne parlent que de vous, M. Kragujnic ! Nous serions très honorés si vous acceptiez.

Mlle Kragujnic a porté la main à son cœur. Je vois les larmes briller dans ses yeux. Même si elle parle mal le français, elle a très bien compris.

Zoltan tend la main à papa et il la serre longuement.

– C'est l'idée d'Athénaïs… murmure papa d'une voix émue. Moi, je n'y suis pour rien.

– Merci, monsieur. J'aime vos enfants.

– Ça tombe bien ! dis-je gaiement. Parce que vous allez nous garder après l'école !

Du coup, on se met tous à rire. Un rire comme un sanglot, un rire qui libère.

– Ne vous inquiétez de rien, reprend papa. J'ai déjà tout arrangé avec les autres copropriétaires. Ils sont d'accord. Et pour la loge, les ouvriers…

– Non, non ! répond Zoltan. Je vais refaire la peinture moi-même !

– Mais ce n'est pas la peine ! proteste papa. L'assurance…

Zoltan pose les mains sur mes deux épaules et c'est à moi qu'il parle :

– Je veux faire les travaux. Je veux construire. Reconstruire ce qui a été détruit. Le moment est venu.

Je n'ai pas besoin d'explications. Je sais que la maison des Kragujnic a été bombardée. Et qu'il est temps pour eux de rebâtir sur les ruines, de reconstruire une nouvelle vie.

Je pense à ce que maman m'a dit quand nous discutions à propos de Mme Théron : « on ne peut pas aider tout le monde ».

Mais il n'est pas interdit d'essayer.

Du même auteur à *l'école des loisirs*

Collection MOUCHE

Ah, la famille!
Au pied de l'arc-en-ciel
Drôle de voleur
Je m'excuse
Joséphine a disparu
La lanterne bleue
Les malheurs d'Hortense
Mon loup
Le poisson dans le bocal
Thomas Face de Rat…
Trois pommes

Collection NEUF

Un ange avec des baskets
La chose qui ne pouvait pas exister
L'esprit de la forêt
Jusqu'au bout de la peur
Sorcier! (1 - Menteurs, charlatans et soudards)
Sorcier! (2 - Le Frélampier)
Vilaine fille
Williams et nous

Du même auteur à *l'école des loisirs*

Collection MÉDIUM

Cela

La chambre du pendu

Derrière la porte

L'écolier assassin

L'enfant des ombres

Jeu mortel

La marque du diable

Le petit cœur brisé

Pourquoi ?

Un phare dans le ciel

Le puits d'amour